나는 알람없이 산다

나 는 알 람 없 이 산 다

초판 발행일 2022년 1월 5일

지은이 수수진
발행인 이상만
발행처 마로니에북스
등록 2003년 4월 14일 제 2003-71호
주소 (03086) 서울특별시 종로구 동숭길113
대표 02-741-9191
편집부 02-744-9191
팩스 02-3673-0260
홈페이지 www.maroniebooks.com
ISBN 978-89-6053-620-3 (03810)

나는 알람없이 산다

글. 그림. 수수진

명함 한장으로 설명되는 삶보다
구구절절한 삶을 살기로 했다

마로니에북스

김차주, 유선경 님께 이 책을 바칩니다.

프롤로그

평전 읽는 걸 좋아한다. 한 사람의 삶을 요모조모 살펴보는 건 꽤 재밌는 일이다. 위대한 업적을 남긴 사람들의 대단한 삶도 한 문장으로 정리되는 걸 보면 인생이 참 별거 없다 싶다가도, 그럼 내 삶은 어떤 문장으로 남길 수 있을까를 생각하게 된다. 『반지의 제왕』을 쓴 J. R. R 톨킨은 '작가이기보다 언어학자로 기억되고 싶다'는 말을 남겼는데, 나는 그림을 그려 먹고사는 일러스트레이터이지만 글 쓰는 사람으로 기억되고 싶다. 그래서 처음 에세이 출간 제안을 받았을 때, 한동안 입꼬리가 내려갈 줄 몰랐다.

글 쓰는 게 좋아서 스무 살부터 블로그에 글을 썼다. 특히 화가 날 때 글을 썼다. 분풀이를 한 것과 다름없으니 문장에 분노가 묻어 있었다. 그렇게 글에 감정을 풀어놓아야 그제야 일상에서는 아무렇지 않은 얼굴로 사람을 만날 수 있었다. 그런 글에 공감해주시고, 오랜 시간 따뜻한 응원과 위로를 보내준 독자의 사랑을 먹으며 다행히도 지금은 날이 많이 무뎌진 것 같다.

내 그림에 따뜻함이 묻어 있다고 한다. 전혀 그런 것과는 거리가 먼 사람인데, 위로와 따뜻함이라니, 말도 안 된다. 그림과 '나'라는 사람의 괴리가 느껴져 한동안 그림을 그리지 않은 적도 있었다. 하지만 생각해 보면 어느 한구석에는 따뜻함도 있고, 날 선 냉정함도 있다. 한 사람 안에 참 다양한 모습이 있다. 그래서 그림이든, 글이든 혹은 나라는 사람에 대한 것이든 해석은 모두 독자의 것으로 남긴다. 본인의 감각으로 받아들이고, 나아가 응원해주는 분 덕분에 화면에만 존재한 것이 이렇게 물성으로 나올 수 있었다.

이 책은 느리게 사는 삶에 대해 이야기하고 있다. 아니, 정확하게는 자기만의 속도로 살아가는 한 인간의 삶을 글과 그림으로 표현한 책이다. 시중에 찾아보면 이런 메시지는 참 많을 텐데, 내가 또 비슷한 이야기를 하는 게 의미가 있을까? 하지만 같은 주제를 말하는 사람이 많아지면 그게 대세가 되고, 그래서 정말 현실에서 사람들이 모두 자신의 마음에 귀를 기울일 줄 알고, 본인의 속도에 맞춰 잘 살 수 있으면 그 자체로 큰 의미가 있다고 생각한다.

거창하게 꾸미지 않을 것이다. 버스 옆자리에서 본 듯한 흔한 단발머리 여자의 삶에도 그 나름의 뜻과 해학이 있다. 지극히 평범해서 오히려 위로가 되는 이야기가 지금 나에게 그리고 당신에게 필요한 게 아닐까…라고 생각하며 코로나19의 위협 속에서, 오히려 방 안에 틀어박혀 글을 쓸 수 있음에 감사한 마음으로 글을 쓰고 그림을 그린다.

수수진을 소개해요

안녕하세요. 수수진입니다.
저는 그림을 그리고 글을 써요

공손공손~

저는 앵두예요
치와와입니다

저는 명함과 사원증 하나로 모든게
설명되는 삶을 사는게 목표였던
사랑입니다.
그리고 한때 그렇게 살았습니다.

명함 짠!

사원증 짠!

와~

누구나 들어본 대기업에 다녔고
서른 살이 되던 해에는 스카우트되어
좋은 조건으로 이직도 합니다

난 정말 잘나가
~

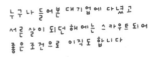

엇제...

이제 다 되었다고 생각하던 찰나,
이직한 회사에서 기대치에 미치지
못한다는 이유로 퇴사를 권유받는 사건이
일어납니다

힘든 시기에 이별까지 겪으면서
인생의 쓴맛을 경험하게 됩니다

힘들어
너무 힘들어...

아무런 준비도 없이 갑자기 퇴사한 저는
그간의 시간을 정리하며
지친 나를 위로하는 마음으로,
그림을 그리고 글을 쓰기 시작했어요

그림을 다시
그려볼까

그러던 중 우연히 이런 게시글을 보게 됩니다

○ STORAGE BOOK AND FILM

독립출판 클래스 절찬 모집중!

나만의
책만들기

이걸 한번 해볼까?

4주 동안 지하에 있는 책방에서 수업을 듣고
그간 일기처럼 쓴 글을 모아 인생에서 처음으로
'책'이라는 걸 만들게 됩니다

「목늘어난 티셔츠가 지저분해 보이지 않는 이유」

책사세요

후줄근~

마치 편안한 옷을 입은듯 자연스럽게 창작이 즐거웠습니다. 평생 직업으로 해도 지겹지 않을 것 같았습니다

신이난다~

그래서 벌써 3년차 창작인으로 살고 있습니다

행복해♡

어떤 대단한 일을 하고자 퇴사한 건 아니지만 어쩌다보니 이렇게 살고 있어요

그림 그리는 것도 가르치고요

저의 이야기를 책장에 놓아 주셔서 진심으로 감사드립니다

발랄

~ 명랑

즐겁게 읽어주세요

앵두를 소개합니다

안녕하세요! 저는 앵두라고 해요.
단모 치와와고 1.5킬로도 안 나가는
작은 강아지예요

안녕 ♬

♪안녕

수진언니와는 두 살 때 만났어요.
전에 있던 집 막내 알러지가 심해져
갑자기 오게 되었죠

그땐 그랬지...

(추억)

수진언니는 초등학교 6학년이었는데
예민한 저는 새로운 환경이 불편했어요

작은데 너무 무서워

왈왈!

하지만 언제부턴가 가족모두에게
마음을 열었고 우리는 가장 친한 사이가
되었죠

아직
조금은 무서워

(동생)

초등학생이었던 언니는 대학을
졸업해 취직도 하고

축하해

초등학생이었던 오빠는
군대를 전역했어요

고생했어

우리는 그렇게 십 대, 이십 대를 함께
보내고 저는 어느새 열다섯 살이 되었죠

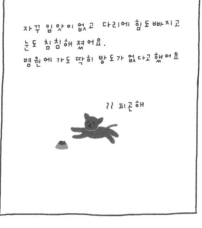

자꾸 입맛이 없고 다리에 힘도 빠지고
눈도 침침해졌어요.
병원에 가도 딱히 방도가 없다고 했어요

쿨쿨 피곤해

12

작별의 시간이 오고 있었어요

이별은 슬프고 힘들지만
함께해서 더 좋은 삶이었음이
분명합니다

나는야 행복한 치와와

비록 지금은 하늘나라에 있지만
다시 만나면 예전처럼 기쁘게 맞이할 거예요

보고 싶었어

여기까지
제 이야기를 들어주셔서
감사드려요!

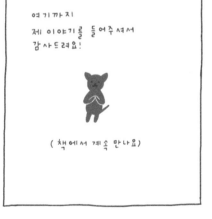

(책에서 계속 만나요)

명함 한 장으로 설명되는 삶보다 구구절절한 삶을 살기로 했다

결혼은 하고 싶지 않지만
외로워

마음껏 찌질할 수 있는 건 매우 아름다운 일이야

명함 한장으로 설명되는 삶보다
구구절절한 삶을 살기로 했다

느리게 사는 게 꿈

———

나는 강남에서 삶의 대부분을 보냈다. 가족 중 꽤 부자였던 둘째 이모를 따라 초등학교 2학년 때 개포동 주공아파트로 이사 왔다. 이모는 담이 높고 대문이 있는, 마당도 꽤 잘 가꿔진 주택에 살았는데, 늘 사나운 개가 있어서 집에 놀러갈 때마다 오금이 저렸던 걸로 기억한다. 친구 따라 강남 간다고, 그 당시에도 강남은 꽤나 있는 지역이었던 것 같다. 물론 어렸을 때라 잘은 몰랐다.

그 당시에 좋은 학원은 대치동에 있었다. 그래서 초등학교 6학년부터는 버스를 타고 대치동에 있는 학원에 다녔다. 엄마는 버스를 타고 다니는 게 마음에 걸렸는지 대치동으로 이사를 했다. 맹모삼천지교가 있다면 수모삼천지교라 칭할 만하다. 그렇게 대치동으로 입성하게 되었다. 하지만 예상과 달리 나는 이전에 살던 개포동에 있는 중학교에 배정받았고, 결국 중학교 3년 내내 버스를 타고 학교 통학을 했다. 결국 버스는 운명이었던 것이다. 한 살 어린 동생은 대치동에 있는 중학교에 배정받았는데, 동생에게는 이게 돌이킬 수 없는 고통의 시작이었던 것 같다.

개포동에 있는 중학교 친구들은 공부보다는 탈선에 관심이 많았다. 화장실에 가면 담배 피우는 일진 무리 때문에 볼일을 참아야 하는 일도 많았다. 초등학교를 다닐 때는 분명 다 친구였는데, 어느 날부터는 친구들의 눈을 똑바로 볼 수 없었다. 조금 쳐다봤다는 이유로 어딘가에 끌려가 맞는 아이들이 생기기 시작했기 때문이다. 급식 배식은 늘 그들이 먼저였다. 누구도 거스를 수 없었다. 하지만 탈선한 친구들이 많았던 덕에 처음에는 중간이었던 성적이 점점 올라 나중엔 꽤 그럴듯한 점수와 등수가 되어 있었다. 조금이라도 소리를 내면 불려갈 수 있으니 늘 조용히 살았던 것도 도움이 되었다. 그때부터 몸을 사리는 법을 배웠다.

반대로 동생은 탈선이 존재하지 않는 청정 공부 지역에서 10대를 보냈다. 어릴 때 외국에 살았던 아이들이 대부분이라 영어 공부는 할 필요가 없는 친구들. 보통은 민사고 혹은 외국어 고등학교, 과학 고등학교를 준비하는 아주 똑똑한 아이들 사이에서 장난기 많은 평범한 동생은 계속 뒤처지고 지쳐갔던 것 같다. 결국에는 인문계 고등학교 진학을 두고 고민할 정도로 힘든 시기를 보냈다.

고등학교는 다행히도 집 근처로 배정받았다. 그때도 노는 친구들은 있었지만 중학교와는 비교가 안 될 정도로 모두 공부를 열심히 하고, 탈선이라 하면 발목 양말을 신는 정도였다. 두발도 자유로웠고, 선생님들이 크게 신경 쓰지 않아도 모두가 열심인 그런 분위기였다. 딱히 야단맞을 일도 야단칠 일도 없었다. 하지만 아무리 열심히 해도 중학생 때 성적만큼 받을 수는 없었다. 중학교 내내 미술 입시를 준비하면서도 전교 20등 안에는 꼭 들었는데, 갑자기 100등 밖으로 밀려나 있었다. 당황스러웠다. 대치동은 그런 곳이었다. 강남에서도 교육열이 가장 뜨겁고 실제로 그만큼 똑똑한 아이들이 많은 곳.

한 학년이 지나면 외국어 고등학교나 과학 고등학교에서 성적이 뒤처진 아이들이 몇 명씩 전학을 왔다. 그 아이들이 자연스럽게 상위권을 차지하고 중간 정도의 아이들은 또 아래로 밀려날 수밖에 없는, 아무리 열심히 공부해도 학년이 지날수록 처지는 일만 생기는 환경. 그런 분위기에서 나는 자연스럽게 포기를 터득했고, 중간만 해도 다행이라는 마음을 갖게 되었다. 이미 그 당시 내 동생은 공부라는 것 자체를 포기한 상태였다. 우리는 참 힘들게 강남에서 자랐다.

나는 고등학교 2학년 때, 한 학기를 마치고 미국에 교환학생을 다녀오게 되는데, 엄마는 지금도 그 시절을 '숨통'이라고 부른다. 밤새 공부하는데도 늘 중간밖에 못하며 괴로워하는 딸이 안쓰러웠다고 했다. 그 덕분에 다양한 삶을 경험하고, 치열한 경쟁에서 잠시 벗어나 어쩌면 꼭 좋은 대학교에 진학하는 게 답은 아닐 수 있다는 설 알게 되었다.

지금도 아이들의 교육을 위해 강남의 아파트를 사는 게 정답이라 말하는 사람들이 있다. 여러모로 투자 가치가 많다는 것이다. 하지만 살아본 결과, 대답은 "아니오"다. 고등학교 친구들과는 거의 연락이 끊어진 편인데, 진정한 우정을 누리기가 너무 힘든 환경이다. 물론 내가 1년 동안 자리를 비웠기 때문에 연결 고리가 느슨해진 탓도 있을 것이지만, 어쨌든 늘 경쟁해 이겨야 하는 상대와 진한 우정을 나누는 것은 10대 아이들에게 매우 힘든 과제다. 드문드문 연락하던 친구들 모임도 결혼 시기를 기점으로 모두 미묘해졌다. 남편의 능력은 당연지사, 시댁의 재력, 5성급 호텔 혹은 서울대 교수회관에서 결혼을 하느냐 안 하느냐로 서로를 계속해서 비교하는 모습을 지켜보기가 쉽지 않았다.

어느 날은 고등학교 동창 결혼식에 초대받아 갔는데, 정해진 자리에 앉아 코스 요리를 먹으며 예식을 보는 특급 호텔 결혼식이었다. 일찍 결혼해 아이를 낳은 친구들도 있어서 테이블에 아이들 몇 명이 있었는데, 조용히 유튜브를 보고 있는 아이도 있었고, 엄마와 계속 수다 떨고 장난치는 아이도 있었다. 유튜브를 보며 조용히 있는 아이의 엄마는 고등학교 시절 성적이 그렇게 좋지 않았다. 막말로 좀 놀았다. 자연스럽게 이 친구의 육아에 대해서도 좋지 않은 평가가 이어졌다. 아이에게 유튜브를 보여주는 건 학습에 치명적이라는 것이다. 그 모습이 너무 놀라웠다. 본인 세대에만 그치지 않고 '비교'는 다음 세대에 그대로 대물림된다. 오히려 나는 옆에서 떠들고 장난치는 아이보다는, 유튜브를 보고 얌전한 아이가 훨씬 편했다. 아마 그 아이가 공중도덕을 훨씬 먼저 배웠을 거라 생각한다.

느리게 사는 게 꿈이다. 도시의 삶을 사랑하면서 여기에 아주 느린 삶이 존재할 수 있다 믿는 게 나의 순진함이다. 가장 치열한 나라의 가장 치열한 지역에서 평생을 보내며 이런 꿈을 꾸게 되었다. 과연 뒤처지는 삶을 기꺼이 선택해 사는 사람이 있을까. 없다면, 내가 그런 사람이 되어보기로 한다. 내가 자란 환경에서 반대로만 하면 그렇게 어렵지 않을 것 같다.

다른 사람의 속도에 조금 못 미치는 삶

남들 다 하는 대로 그 속도에 맞춰 살았다가는 지금의 내 모습이 가능했을까를 생각해 본다. 짧은 인생이지만, 돌이켜 보면 그 속도에 맞추지 못해서 오히려 잘된 경험이 많다. 이 경험은 느지막이 교환학생을 가기로 결심한 시점부터 시작된다.

고등학교 2학년, 대입을 앞두고 꽤나 중요한 시기에 미국으로 1년간 교환학생을 다녀왔다. 교환학생 발대식 모임에서 이렇게 늦게 결정한 사람은 나밖에 없었다. 보통은 중학교 3학년, 정말 늦으면 고등학교 1학년인데, 난 이미 고등학교 2학년의 시기를 지나고 있었다.

친구들이 입시 공부를 할 때 정말 특이하게도 초등반 영어 회화 학원에 다녔다. 아무리 그래도 미국으로 교환학생을 가는데 말은 한 마디 할 수 있어야 하지 않겠냐는 엄마의 특단 조치였는데, 지금 생각해도 정말 우스꽝스럽긴 하다. 초등학생과 영어 수업을 듣는 고등학생이라니. 원어민 교사인 '에린' 선생님은 올망졸망한 아이들 사이에 있는 덩치 큰 나를 각별히 신경 써 줬는데, 안타까운 건 그녀의 말을 한 마디도 알아들을 수 없었다는 사실이다. 결국 초등학생 친구들의 통역 도움으로 그녀의 배려를 느낄 수 있었다. 초등학생 친구들… 지금 생각해 보면 정말 고마웠어….

사실 1, 2년의 시간은 참 별것 아닌데, 사교육 시장의 마케팅이 엄마들을 그렇게 조바심 나게 만든다. 우리 엄마처럼 소박하고 욕심 없는 사람이 얼떨결에 사교육의 메카인 대치동에서 딸을 키우면서 얼마나 스트레스가 많았을까 이제는 좀 알 것도 같다. 사교육에서 부모와 학생들에게 전하는 메시지는 자극적이다. 듣고만 있어도 귀에서 피가 날 지경이다. 조금만 남보다 늦춰지기 시작하면 실패와 후회밖에 없다는 잔혹한 메시지. 영원히 보장되는 행복은 남들과 비슷한 속도에서 '조금 더 앞서가는 것'이라는 단 한 줄로 설명되는 그 메시지. 현혹되기 쉬운 문장에 우리는 열심히 달린다. 비슷해 보일지 몰라도 조금 더 앞서야 한다는 그 강박에 피나게 열심히 달린다.

하지만 우리 엄마 같은 경우 결국 교육의 외길을 개척해 걸으셨는데, 그 시작이 고등학생을 어린이 영어학원에 보낸 일이다. 그리고 미국에 다녀와 다시 고2로 '복학'하면서 한 학년 어린 친구들과 함께 학교를 다녔다. 남들 3년에 마치는 고등학교를 4년 다니고 나서 깨달았다. '1년 정도는 좀 늦어도 괜찮구나.' 사실 이후, 아직까지도 다른 사람들의 속도에 조금씩 못 미치게 살고 있다.

아무것도 그릴게 없다고 느낄때는
그냥 동그라미 하나를 그리고 선 몇개
둥글게 그린다음 슥슥 칠해주면
오늘의 커피 한잔이 완성됩니다
매일 한잔씩 이렇게 마셔요

1등도 해 보고 꼴등도 해 보고

나는 숭실대학교 평생교육학과 07학번으로, 바야흐로 2007년 신입생 OT부터 선배들의 눈에 들어 학과 대표를 하게 되었다. 지금은 07학번이라고 하면, 부싯돌로 불을 붙이던 석기 시대를 생각하는데, 입학할 때만 해도 '88년도에 태어난 아이들이 있구나!'라는 소리를 들었다. 나도 파릇파릇한 시절이 있었다. 보통 이런 말을 하는 사람들을 꼰대라 부르더라. 어쨌든 과대가 된 배경에는 선배라는 사람들과 동갑이었던 게 한몫했다. 지금은 없어진 '빠른년생'으로, 87년생과 88년생을 자유롭게 오가는 존재였던 덕에 얼떨결에 과 대표가 되었다. 그나저나 '빠른년생'이 없어진 건 정말 잘된 일이다. 뭐가 그렇게 급하다고 학교까지 일찍 보내나 싶다. 어쨌든 학과 대표인데다 사람들 앞에서 말하는 것에 딱히 거리낌 없는 성격인 탓에 선배도, 교수도 나를 좋게 봐주셨다. 덕분에 입학하자마자 겨우 1학넌이 과 수석으로, 전액 장학금을 받는 지경에 이르게 된다. 하지만 고3 수험생 시절, 대학생이 되면 꼭 하고 싶은 것 리스트에 '공부 하나도 안 하기'를 적어놓았다. 지금 생각해봐도 왜 그런 걸 리스트에 넣었는지 이해가 되지 않지만, 이런 부분에 있어 착실한 나는 이 리스트를 바로 실행에 옮겼다.

정말이지 전공 책을 한 글자도 보지 않았고, 시험 기간에 밤새 드라마를 보다가 아침에 잠이 들어 무려 시험 당일 지각까지 하는 사태에 이르게 된다. 당연히 결과는 꼴찌로, 과 수석에서 과 바닥으로 순식간에 떨어졌다. 솔직히 지금 생각해도 왜 그런 객기를 부렸는지 알 수가 없다. 하지만 하고 싶은 건 꼭 해봐야 직성이 풀리는 성격이니 나도 나를 말리지 못했다.

그래서 1년 사이에 1등도 해 보고 꼴등도 해 봤다. 친구들은 그런 나를 정말 이상하게 생각했다. 아니, 부모님이 가장 충격을 받았다. 대학교 들어가자마자 1등 해서 전액 장학금을 타오더니 갑자기 공부 안 하기를 실행한다며 한 글자도 보지 않는다. 그런데 또 학교는 간다. 지각을 할지언정 출석은 한다. 한 교수님은 내게 이런 말을 했다. "너는 늘 지각하는데, 늘 맨 앞자리에 앉는 이유가 뭐니." 지금 생각해도 그때는 조금 이상했던 것 같다. 아마 10대 때 받은 스트레스를 거기에 풀었던 게 아닌가 싶다. 그래서 대학교 1학년 친구들에게는 더 너그러워질 필요가 있다. 그들의 이상한 행동은 당연한 것이다.

1등이 꼴등이 되어보니 별거 있었냐 하면 별거 없었다. 그 과정을 통해 배운 게 있다면 열심히 공부할 때도 있고, 그냥 쉬어갈 때도 필요하다는 것. 1등이든 꼴등이든 나다. 역시 등수로 매겨지는 건 특별한 의미가 없는 것 같다.

나는 바쁘게 살고 싶지 않다. 행동이 굼뜨지는 않지만
빠르지도 않다. 사람에게는 타고난 속도가 있다고 믿는데
나는 내 속도가 좋다

내 속도에 맞는 분야를 찾는다는 것

___

퇴사가 유행인 시대가 되었다. '오늘, 퇴사하겠습니다', '퇴사 학교', '퇴사할 용기' 등 한 번쯤은 들어보았을 퇴사와 관련된 콘텐츠, 거기에 퇴사하는 것이 진정한 꿈을 찾아 떠나는 용기 있는 행위가 되어버린 후로, 대부분의 직장인은 퇴사라는 꿈을 안고 직장 생활을 하는 것처럼 보이기도 한다. 그리고 주변의 많은 사람들이 실제 퇴사할 용기를 실천하고 멋진 사업을 꾸리고 있는 것도 사실이다.

나의 퇴사 과정을 돌이켜 보면, 첫 직장에서는 '반면교사'를 너무 마음에 많이 적는 바람에 구멍이 뚫려버렸다. 팀장님이 너무 무서웠고, 또 싫었다. 어릴 적 부모님께 야단을 맞으면서도 상욕은 들어본 적이 없었는데, 회사에 들어가 "개 같은 년, 미친 년, 병신 같은 년…" 등의 년으로 끝나는 모든 단어를 포함해, "시발, 꺼져, 죽여

버린다" 등의 저주 섞인 욕을 매일같이 듣고 살았다. 지금 돌이켜 보면 그게 '가스라이팅'인데, 홍대 문화의 축을 담당하고 있는 교육 사업팀에서 그런 사람이 책임자로, 모든 권력을 누리고 있었던 걸 생각해 보면 마음이 답답해진다. 입사한 이후로 실제 날 뽑아주셨던 대리님은 한 달 만에 그만두었고, 사수는 두 달 있다가 그만두었다. 그분들을 대체할 새로운 사람들이 들어왔는데 무려 나보다 먼저 퇴사해 버렸다. 정말 어떻게 그 시간을 당해냈는지 지금 생각해 보면 그렇게 버틴 내가 꽤 기특하다.

1년 반의 시간을 정리하고 호주로 워킹 홀리데이를 떠났다. 아직도 생각하면 그 결정 덕분에 정말 많은 것이 바뀌었다. 애매한 나이라고 생각했는데, 지금 돌이켜 보면 너무 어린 스물여섯이었다. 독일인 룸메이트의 추천으로 애플 제품을 파는 전자 매장에서 일하게 되었고, 비자가 만료되어 한국에 돌아왔을 때 호주에서 만난 매니저의 추천으로 애플 코리아에 입사했다. 애플이라는 조직에 들어간 건 지금 생각해도 대견한 일인데, 실제 내가 했던 일은 레벨이 낮은 편에 속했다. 기술 지원이라는 단어가 꽤 그럴듯해 보였지만, 막상 일을 해 보니 기술 지원보다는 떼쓰는 고객을 달래는 일이 훨씬 많았다. 하지만 이곳은 열심히 해서 능력을 인정받으면 나이와 상관없이 기회가 열려 있고, 외국어 실력이 있으면 다른 국가로 이동할 수도 있으니 여러모로 매력적이었다. 그리고 실제로 한 명의 한국인 직원을 뽑는 프로젝트 팀에 들어가게 되어, 글로벌 팀에서 일할 수 있는 기회를 얻었다. APAC을 총괄하는 캠퍼스가 싱가포르에 있기 때문에 그쪽에 직접 보고하고, 다른 나라 직원들과 원격으로 일하며 여러 가지 중요한 프로젝트를 진행했다.

프로젝트 팀에서 만난 리더가 매우 훌륭했고, 또 싱가포르에서 일하다 한국으로 돌아온 직원 한 분이, 싱가포르 캠퍼스에만 있는 포지션에 추천하고 싶다는 제안을 하셨다(직원 추천제가 활발히 이루어지는 조직이다). 마음이 그쪽으로 기울고 있었다. 그런 찰나에 들어온 다른 제안이 국내 대기업 IT 회사였는데, 검토해 보니 현재 포지션보다 훨씬 높은 위치였다. 한국 본사에서 대만, 태국, 인도네시아를 관리하는 일인데, 애플에서는 반대로 한국이든 싱가포르든 아시아 국가에 있는 한 관리를 받는 입장이라, 그곳에서 들어온 오퍼가 훨씬 매력적으로 느껴졌다. 직접 가서 둘러보니 사무실도 아기자기하고 귀여웠다. 2차 면접까지 준비되어 있었지만 1차만 보고 바로 합격, 연봉은 기대한 것보다 훨씬 더 받았다. '모국을 기반으로 한 글로벌 기업에서의 커리어를 착착 쌓아 탄탄대로를 걸으면 되겠다…'라고 생각했다.

하지만 2차 면접까지 진행하지 않은 이유는 따로 있었다. 예기치 못한 전 직원의 이직으로 인해 인수인계도 없이 조직에 들어가게 되었다. 이직하는 과정에 최소 일주일 정도는 쉬면서 충전하려고 했는데, 빨리 입사했으면 좋겠다는 회사의 의견에 맞춰 금요일에 애플에서 퇴근하고, 월요일에 곧장 새로운 회사에 출근했다. 모든 걸 회사 측 입장에 맞추느라 급하게 진행했다.

새로운 회사에 들어가니 업무량이 어마어마했다. 업무도 업무지만, 매우 경직되어 있는 분위기가 심상치 않았다. 조금의 농담도 허용되지 않았다. 이전에 몸담았던 회사는 융통성이 있었는데, 정말이지 하루 만에 바뀐 분위기 안에서 괴로움이 날로 늘어만 갔다. 팀원은 팀원대로 팀장은 팀장대로 내가 기대치에 못 미친다고 했는데, 지금 와서 따지는 것도 우습지만 자기들이 원해서 데려와 놓고는 매일같이 야단을 치니, 그 상황 자체가 받아들여지지 않았다. 보통 세 달의 수습 기간이 있는데, 평가가 엉망이었다. 상처 주는 말들이 가득했다. 결국 인사과에 가 수차례 상담을 진행하고, 퇴사가 결정되었다. 어차피 평가가 좋지 않아 계약이 자동 해지될 수 있으니 퇴사 의사를 먼저 밝히는 게 본인 자존심을 지키는 방법일 수 있다고 했다. 그리고 수습 기간 안에 회사를 그만두면 실업 급여도 받을 수 있으니 퇴사를 한번 고려해 보라는 것이다. 인사과가 해줄 수 있는 최선의 배려라고는 했지만 통보에 지나지 않았다. 그래서 수습 기간이 끝나기도 전, 3개월 만에 회사를 나왔다.

처음으로 주어진 쉬는 시간이었다. 하지만 온전히 누릴 수 없었던 것이 퇴사로 인한 상처가 너무 컸다. 괜찮은 커리어를 갖고자 노력했는데, 말도 안 되게 하루 만에 모든 것이 먼지처럼 사라져 버렸다. 너무 힘들어 주변 사람들에게 짜증도 많이 냈던 것 같다. 결국 3년 정도 교제하던 남자 친구도 지쳤다며 떨어져 나갔다. 내 인생에서 가장 힘든 시간을 떠올리라고 하면, 그때가 아닐까 싶다. 대기업을 다니며, 결혼도 준비하면 된다고 생각했다. 보통 친구들이 걷는 길을 나도 비슷하게 걷고 있었다. 이게 내 나이 서른 살에 일어난 일이다.

서른셋이 된 지금 돌이켜 보면 그때도 여전히 너무 어리다. 하지만 당시에는 이렇게 나이 많은 나를 누가 받아줄까 땅이 꺼지도록 한숨을 쉬었다. 매일 밤 울고, 또 울고 눈이 퉁퉁 부어서 아침에 눈을 뜰 수 없을 정도로 그렇게 울었다. 1년에 한 번 울까 말까 한 사람이 평생의 눈물을 그때 다 흘려본 것 같다. 사람 눈에서 이렇게 물이 많이 나올 수 있구나를 깨달은 순간이다. 사람 몸의 70퍼센트는 수분으로 되어 있다더니 사실이었다. 그렇게 며칠을 울고 정신 차려 보니 인생에 이렇게 공짜로 쉬는 시간이 주어진 적이 있었나 싶었다. 방학 때도 늘 아르바이트를 했는데, 앞으로 3개월 동안은 실업 급여를 받으며 재정비할 수 있다. 아름다운 대한민국, 그동안 세금을 착실히 내길 잘했다는 생각이 들었다. 회복 탄력성을 발휘할 시간이었다.

애플에 있을 때 훌륭한 팀장님을 많이 만났다. 일이 힘들면 힘들다고 팀장에게 직접 말할 수 있었고, 충분히 보호받는 기분이었다. 이직했던 회사에서도 정말 다행히 그런 훌륭한 리더를 만났다. 그저 우리 팀장이 아니었을 뿐, 어쨌든 그분의 제안으로 전체 기획실 사람들이 모여 '업무와 관련 없는 이야기하기'를 주제로 취미 생활, 일상, 맛집 같은 이야기를 돌아가면서 나눴는데, 그때 '독립출판'에 대해 알게 되었다. 출판사를 거치지 않고 스스로 책을 만들어 독립책방에 유통하는 사람들의 이야기였다. 그런 세상이 존재한다니. 마치 바이러스가 퍼져 모두가 좀비로 변하고, 나만 살아남아 천천히 죽음을 받아들이는 와중에, 구조대를 만난 기분이 들었다.

실업 급여를 가지고 가장 먼저 한 일은 독립출판 클래스를 수강한 것이다. 아직도 기억에 생생한 해방촌 스토리지북앤필름 공부방, 사실 워크룸이라고 부르지만 나는 우리말로 칭하는 공부방이 그 지하실 이미지에 더 잘 어울리는 것 같다. 지금은 그 책방이 잘돼서 지하실에 모여 수업을 들을 일은 없지만, 당시만 해도 퀴퀴하고 어두침침한 지하에서 수업을 들었다. 화장실도 없어서 옆 시장까지 가야만 겨우 볼일을 볼 수 있었다. 마치 1988년도 이야기처럼 들리겠지만, 2018년도에 있었던 일이다. 하지만 그 시간이 얼마나 기다려지던지, 4주 차가 눈 깜빡할 사이에 지나가버렸다. 그렇게 수업을 듣고, 블로그에 쓴 글을 묶어 『목 늘어난 티셔츠가 지저분해 보이지 않는 이유』라는 제목으로 책을 만들었다. 실업 급여를 탈탈 털어 책을 인쇄하니 수중에 정말 돈이 없었다. 적금을 깰 수밖에 없었다. 괜히 좋은 회사 다닌답시고 여행이란 여행은 다 다니고, 비싼 밥 먹고 택시 타고 다녔던 그 시절의 내가 너무 원망스러웠다. 보다 못한 동생이 용돈을 좀 쥐여 줬다. 그때는 자존심을 챙길 여유도 없었다. 한동안 동생에게 존대하며 존경심을 표했다. 아주 구질구질한 시절이었다. 지금 나를 소개할 때는, 독립출판으로 데뷔해 작가가 되어 지금은 잘 먹고 잘 산다고 말하지만, 실제 독립출판을 하고 나서 오래도록 제대로 된 벌이가 없었다. 그런데도 책을 만드는 게 왜 이리도 재미있는지, 그리고 가끔 SNS에 올라오는 후기는 또 왜 이렇게 좋은지 마치 창작에 중독된 기분이 들었다. 여행 다니며 그린 그림을 모아 『수수한 드로잉북』이라는 독립 출판물을 만들었는데, 이 작품을 계기로 드로잉 클래스를 오픈하게 되었다.

첫 직장을 그만두기 바로 직전에 새로운 직원이 들어왔는데, 몇 주 같이 일하다 나는 예정대로 퇴사했다. 너무 짧은 시간이다 보니 이름과 얼굴만 아는 정도의 사이였는데, 몇 년 뒤에 작은 책방을 오픈했다며 연락이 왔다. 『수수한 드로잉북』에 있는 그림을 가지고 책방에서 드로잉 클래스를 열어보고 싶다는 것이다. 그 책방이 바로 관악구 행운동에 있는 '엠프티폴더스'다. 그 당시 "그냥 낙서같이 그린 그림인데 과연 배우고 싶은 사람이 있을까요?"라고 물었고, 실제로 정원이 여섯 명인 클래스에 무려 네 명을 내 친구들로 채워 첫 클래스를 진행했다. 인생에 이렇게까지 열과 성을 다할 수 있을까 싶을 정도로 내 친구들을 가르치며 굉장한 보람을 느꼈다. 이후 조금씩 소문이 나서 현대백화점 문화센터, 신세계 아카데미, 롯데백화점 문화센터에서 특강 제안을 받아 지금도 원데이 클래스의 형태로 고정 출강을 하고 있다.

독립출판을 만나 삶이 많이 변했다. 그리고 그중 가장 마음에 드는 건 이곳의 분위기다. 회사에서는 매일같이 보고서를 쓰고, 주간으로 쓰고, 월별로 쓰고, 분기별로 쓰고… 암튼 뭐든 작성해 보고해야 했다. 그리고 수치를 통해 나와 팀원들의 가치 평가가 진행되었다. 늘 정해진 시간에 정해진 숫자를 증명해야 하는 피로감이 실로 어마어마했다. 하지만 독립출판의 세계에는 우선 베스트셀러가 없

거창한 것 보다는 소박한 것,

거기에 내 삶의 방향이 있다

다. 책방 주인의 취향과 성향에 따라 잘 팔리기도 하고 그렇지 않기도 한다. 내 책이 잘나서 혹은 못나서가 아니라, 그냥 '다른 것'으로 받아들여진다. '남들과 달라서' 잘 팔리고, 그래서 안 팔리기도 한다. 딱히 인정받지 못한다고 해서 신경 쓸 필요가 없다. 독립출판의 세계를 통해 나는 나 자신 자체를 받아들이고 인정하는 게 무엇인지 알게 되었다.

느리지만 조금씩 자주, 티끌 모아 태산

예전에는 명함 한 장으로 모든 게 설명되는 삶이었다. 회사 로고, 직함, 메일 주소 정도면 충분했다. 창작자로 사는 지금은 나 자신을 종이 한 장에 담기엔 부족하다. 그림을 그리는 일러스트레이터이지만, 필요할 때는 디자인도 하고, 에세이를 쓰는 작가인 동시에 출강도 한다. 그림만 가르치는 게 아니라, 간단한 편집 디자인 기술을 가르쳐 스스로 출판할 수 있는 독립출판 강의도 진행하고 있다. 이 정도도 많은 것 같은데 이것뿐만이 아니다. 인스타그래머이자 블로거다. 지금 약 4만 2천 명 정도의 팔로워가 내 그림과 글을 구독하고 있다. 미래 사회를 살아가려면 여러 가지 분야를 동시에 할 줄 알아야 한다는데, 어쩌면 그에 맞는 인간상으로 살아가고 있는지도 모르겠다.

사실 이렇게 살고 싶은 생각이 추호도 없었다는 게 반전이라면 반전일 것이다. 재취업을 위해 온갖 힘을 다 썼다. 백화점 문화센터 출강을 하면서도 회사 면접을 보러 다녔으니 말 다했지. 그림을 가르친다고 하면 뽑아주지 않을 것 같아, 재취업 준비 기간 동안 아르바이트로 영어를 가르치고 있다고 면접장에서 거짓말을 했다. 혹시라도 그림을 가르치는 사람이라고 하면, 회사에서 적응하기 어려운, 어딘가 남다른 사람으로 인식될까 두려웠다. 이렇게 재취업에 목숨 건 가장 큰 이유는 아무래도 '월급'이라는 안정이 필요했기 때문인데, 작가 활동 초반에는 한 달에 한두 번 있는 강의 수입 외에는 정말 아무것도 없었다.

하지만 수많은 면접에서 모두 탈락하면서 이게 내 길이 아니구나를 깨달았던 것 같다. 20대 때는 단 한 번도 면접에서 떨어진 적이 없다. 조금 놀라는 분도 계실 텐데, 내가 면접을 좀 잘 보는 편이다. 우선 면접관 앞에서 긴장하지 않는다. 새로운 사람 앞에서는 보통 쫄기 마련인데, 난 오히려 차분해진다. 재치 있게 답변하고, 필요할 때는 적절하게 질문도 잘한다. 타고났다기보다는 대학생 때 교회 잡지를 만드는 봉사를 꽤 오래했는데, 그때 인터뷰 담당이었다. 특히 교회에 계신 어르신들 위주로 인터뷰를 했다. 어른들 앞에서 질문하고 답변 받고, 내용을 정리하는 게 매우 익숙했다. 질문을 만들고,

답변을 받았을 때 이어질 질문에 대해 몇 단계 시나리오를 짠다. 혹시 면접을 잘 보고 싶거든, 주변 사람을 인터뷰하는 습관을 가지면 도움이 된다. 어쨌든 인터뷰의 신이라 자부했던 내가 수많은 면접에 탈락하면서 창작의 길을 운명으로 받아들였다. 그럼 그린답시고 부모님께 손 벌리는 구질구질한 창작인의 삶, 정말이지 괜찮을까를 여러 번 물었지만, 재취업이 안 되는 걸 어떻게 하겠나. 지금 가진 능력이 이것뿐이니 이걸로 먹고살 수밖에 없다.

　그래서 지방에 있는 문화센터에 출강을 나갔다. 가보지 않은 지역이 없을 정도다. 보통 지방에 가면 왕복 KTX 기차표 정도의 차비를 챙겨주는데, 그것도 아까워서 고속버스를 타고 다녔다. 밥도 편의점 도시락을 먹었다. 부모님께 손 벌리는 건 정말 마지막 보루라고 생각해 할 수 있을 만큼 최대한 아끼며 그렇게 살았다. 친한 친구 솔메와 충, 이렇게 셋이 일 년에 한 번씩 여행을 가는데, 친구들이 공동 여행비를 빼줄 정도로 힘든 시절을 보냈다. 아직도 참 고마운 건, 정 힘들면 생활비 10만 원이라도 주겠다는 솔메의 마음이었다. 실제로 받지는 않았지만 그래도 이 한 마디에 솔메 같은 친구를 가졌다는 건 이미 성공한 삶이라는 감사한 깨달음이 있었다. 대단한 커리어와 높은 연봉이 없어도, 우정으로 충분히 채워지는 게 인생이다.

지인의 부탁으로 삽화도 그리고, 입소문이 난 덕분에 백화점 문화 센터도 학기별 고정 특강으로 들어가면서 조금씩 티끌처럼 돈이 들어오기 시작했다. 과거 통장에는 월급날인 25일에 파란색 하나가 찍혀 있고, 나머지는 쭉 빨간색이다가 다음 달 25일에 다시 파란색, 그리고 끝없는 빨강으로 이어졌다면, 아주 적은 숫자이지만 파란색이 여러 번에 걸쳐 찍혔다. 빨간색과 파란색이 조화를 이루는 모습이었다. 티끌 모아 티끌이라는 우스갯소리도 있는데, 티끌도 천천히 모으다 보니 신기하게도 직장인 시절 월급을 받을 때보다 돈이 더 모였다. 물론 편의점 도시락이 한몫했겠지만, 아, 이렇게 살 수도 있구나 싶었다. 그렇게 3년이 지난 지금은 꽤 잘 먹고 잘 산다.

명함 한 장으로 깔끔하게 설명되는 삶을 꿈꿨다. 하지만 지금은 나를 소개하려면 시간이 드는 구구절절한 삶을 살고 있다. 가끔은 나도 내가 어떤 사람인지 헷갈릴 정도지만, 뭐 크게 상관없다. 지금처럼 조금씩 천천히 내 속도에 맞춰 돈을 벌고, 돈을 모은다. 태산을 꿈꾸며 티끌의 삶을 하루하루 살아간다.

단발병

한때는 오랜 시간 장발이었다.

장발)) 장발))

단발병이 찾아왔지만 용감하게 이겨냈다.

최양락 정형돈

이것 좀 봐봐

하지만 결국 미용실을 찾았고 나는 단발이 되었다.

싹둑싹둑

hair salon

인생이란 그런걸까? 장발일 때는 단발이 되고 싶고 단발일 때는 장발이 되고 싶은

괜히 잘랐나?

갖지 못한 것에 대한 갈망, 그리고
끊임없는 갈등의 연속

찰랑 ✦ ✦ 찰랑

긴 머리
예쁘다

머리가 자라려면
시간이 걸리겠지...

굳이 갈등하지 않아도 시간이 지나면
머리카락은 자란다

단모 치와와인 나도
털 갈이를 하는 것처럼
말이야

새로운 털이
자란다구

그러니까 굳이 후회할 필요도
유난 떨 필요도 없다.
단발인 지금을 즐기면 그만이다

단발도 마음에 들어

♪ ♫

서점에 가는 이유

서점에 가는걸
좋아한다

룰루랄라

그리고 내 책을 찾는건
특히 '더' 좋아한다

취미잡화서

여기 있네 ♡

우쭈쭈 내새끼
예뻐라 ~

수수한 아이패드 드로잉

이런 이유로 서점에
더 자주 가는 중 ~

그래서
그런거였어?

멘토를 찾아서

나는 멘토가 없다. 조언을 구할 일이 없어서가 아니라, 조언다운 조언을 해줄 만한 어른이 별로 없다. 삶에 큰 도움이 되는 사람들은 클래스를 통해 만나는 수강생인데, 배우러 온 분들을 통해 내가 훨씬 많이 배운다. 태도부터 다른 사람들이다. 당연히 그런 사람들에겐 배울 점이 많다. 수강생이 진정한 나의 멘토라고 생각한다.

그중 기억에 남는 사람이 있다면, 색연필 드로잉을 주제로 하는 '수수한 드로잉 클럽'이라는 4주 차 드로잉 모임에서 만난 분들이다. 나보다 다소 어린 연령대의 친구들이었는데, 곧 아이패드 드로잉의 시대가 온다며 지금 당장 시작하라고 강조에 강조를 거듭했다. 이 얼마나 선견지명이 있는 조언인가…. 그 당시에는 기기를 살 돈이 없어서(한 달에 40만 원으로 버티던 시절이다) "아, 저는 디지털 작업은 아직 어려운 것 같아요." 하고 얼버무렸지만, 매주 수강생을 만날 때마다 "작가님, 아이패드 드로잉을 하셔야 합니다."라는 소리를 귀에 딱지가 앉도록 듣다 보니 정말 하지 않을 수 없었다. 당시에는 돈이 없었기 때문에 아는 동생에게 궁상을 떨며 기기를 몇 개월 빌려 사용했다. 아니, 수강생의 말이 정답이었다. 정말 새로운 세상이 열렸다. 미끄덩한 화면에 스르륵 그리는데 아주 그럴듯한 작품이 나왔다. 가난했기 때문에 유료 앱을 사는 대신 무료 앱으로 그림을 그리기 시작했는데, 이 앱으로 강의하는 사람이 없어서 어도비 스케치하면 일러스트레이터 수수진을 떠올릴 정도로 그 분야에 독보적인 존재가 되었다(스스로 이렇게 쓰고 나니 굉장히 부끄럽지만, 사람은 가끔 과장할 필요도 있는 것 같다).

덕분에 아이패드 드로잉 워크숍을 만들어 성공적으로 운영하고, 글로벌 온라인 워크숍까지 런칭했다. 미국에서도 일본에서도 내 클래스를 듣는 사람들이 있다. 그리고 아이패드 드로잉 실용서도 이런 배경으로 출간했다. 주머니 사정이 많이 나아져 이제는 스스로 원하는 기기도 마음껏 살 수 있게 되었으니 참 감사한 일이다.

느려 터진 내가 이렇게 빨리 디지털 일러스트 세계에 발을 디딜 수 있었던 건 나보다 어린 수강생의 조언과 도움 덕분이다. 80년대 후반에 태어난 내가 느끼기엔 세상이 미친 속도로 변하고 있다. 초등학생 때 휴대폰이라는 걸 처음으로 만져봤다. 지금은? 아무리 코로나가 전 세계를 휩쓸어도 온라인으로 모든 것이 가능한 시대다. 삐삐를 사용하던 시절에는 상상도 하지 못했던 속도로, 미래학자가 예언하는 것보다 빠르다. 정신이 하나도 없다. 그래서 이제 '멘토'라는 게 어떤 의미가 있는지 잘 살펴볼 필요가 있다. 세상이 변하고 변해 이제 코딩이 정규 교육 과정에 포함되었으니 앞으로는 초등학교에서 멘토를 찾아야 할지도 모른다.

365일 집에 있기 좋은 날

아~ 오늘은 밖엘
좀 나가볼까...

쨍 쨍

이렇게 날이 좋으면 얼굴 탄다구
집에 있자

집에 오래 있는게
월세 아끼는 거야

주룩주룩

비 오는 날은 역시 집이 최고야

365일 집에만 있는중

캬~

1
2020

내 꿈은 말이지

내 꿈은 오래도록
모닝 알람 없이
사는 거야

정해진 시간에 일어나기 보다는
눈이 떠지면 자연스럽게 일어나
하루 일과를 시작하는 그런 삶

나만의 규칙을 세워 지켜가는 게
타인의 규칙을 따르는 것 보다
훨씬 쉽고 효율도 높아

□ 커피 마시며 아침식사 하기
□ 성경책 읽기
□ 일하기
□ 산책하기
□ 글 한편 쓰기
　⁝

오래도록 그렇게 사는 게
내 꿈 이야

나도 나도

창작을 한다는 사람이 말이야

———

작업실을 구했다. 지난 9개월간은 공유 오피스를 작업 공간으로 사용했는데, 코로나가 터졌다. 많은 사람이 공용으로 이용하는 공간인데다, 주변 사무실에 확진자가 여럿 나와서 도저히 안 되겠다는 생각이 들었다. 서울 구석에 작은 원룸을 하나 구했다. 사무실을 정리하고, 또 내 방을 정리하면서 스스로에게 얼마나 놀랐는지, 아니 얼마나 실망했는지 모른다. 겨우 나 한 사람인데 어떻게 이렇게까지 짐이 많을 수 있나…. 그리고 대부분의 물건은 사용하지도 않고, 언제 샀는지도 기억이 가물가물한 것들이다.

짐을 꽤 정리하고 이사를 했지만 여전히 셀 수 없이 많은 물건이 남아 있다. 지난주 수요일에는 책장 정리를 했는데, 버릴 책이 한 무더기였다. 모두 먼지가 뽀얗게 앉아 있는 다양한 제목의 책 더미. 문득 내가 쓴 책도 나중엔 이렇게 버려지겠다는 생각을 하며 혼자 서글퍼졌지만 이내 어쩔 수 없는 거라 생각하며 모두 버렸다.

한 명의 인간이 어떻게 이렇게나 많은 물건을 가지고 살아가는지, 정리하고 이사하는 과정 내내 놀라 자빠질 뻔했다. 정리의 신, 곤도 마리에가 말한 것처럼 설레지 않는 것을 모두 버렸는데, 그럼에도 불구하고 어마어마한 양의 물건이 여전히 남아 있다. 실은 조금 죄책감이 든다. 물건에 물건을 더하는 삶의 행위가 부끄러워졌다. 끊임없는 소비, 욕심, 낭비…. 결국 쓰레기를 만드는 매일의 삶이라니. 일상을 주제로 창작을 한다는 사람의 삶이 겨우 이것밖에 안 되나 싶을 정도다.

실은 미니멀리스트 곤도 마리에도 지금은 쇼핑몰을 차려서 물건을 판다. 결국 자본주의 사회에서 우리는 생산하고 소비해야 삶을 영위할 수 있는 가냘픈 존재인 것을. 이런 생각을 하니 갑자기 또 서글퍼진다. 자주 서글퍼지는 밤이다.

반려 에코백

이거 하나로
충분해

정리하는 과정에서 아트페어를 준비하며 만든 포스터, 엽서 혹은 에코백 같은 것이 수도 없이 나왔다. 그리고 몇백 장 단위로 파는 비닐 포장지까지…. 왜 이렇게 안 팔렸나를 생각하기 이전에 대체 무엇을 위해 이렇게 만들었나를 돌아보게 되었다. 이 질문에 답하기 전까지는 어느 아트페어에도 나가지 않겠다고 다짐했다. 친구에게 말하니, 과민반응이란다. 뭐 그럴지도 모르겠지만, 이사하고 작업실에서 보낸 지 한 달 남짓 되는 지금도 여전히 내가 버린 수많은 쓰레기가 마음에 걸린다. 실은 지금도 이 작은 공간에 벌써 물건이 넘쳐난다. 괴롭다. 아래는 중앙일보의 '에코백, 131번 써야 비닐봉지보다 낫다'라는 제목의 기사인데, 이 기사를 읽으니 나라는 자식 한 대 때려주고 싶다.(출처: 네이버 포스트 카드뉴스, 중앙일보, 2020.06.08)

"나는 플라스틱 가방이 아닙니다." 지난 2007년 영국 패션 디자이너 안야 힌드머치가 내놓은 천 가방에 쓰인 문구다. 이 천 가방은 발매 당일 약 2만 장이 30분 만에 매진되면서 에코백 열풍을 불러일으켰다. 이 가방을 사기 위해 수천 명이 줄을 선 모습이 보도됐고, 이를 계기로 영국 내 비닐봉지 사용에 관한 토론이 시작됐다. 덕분에 2007년 110억 장에 이르던 영국 내 비닐봉지 소비가 2010년엔 61억 장으로 줄었다. 하지만 역설적이게도 에코백 남용이 이슈로 떠올랐다. 2011년 영국 환경청은 포장 가방의 수명 주기 평가를 진행했다. 종이봉투의 경우 최소 3번은 사용해야 비닐봉지를 사용할 때보다 환경 영향이 적다. 만들어질 때 비닐보다 더 많은 자원이 들기 때문이다. 에코백은 131번은 사용해야 비닐봉지보다 낫다. 목화 재배에는 상당량의 에너지가 필요하며 제품화 과정에서 온실가스가 배출되고 물이 오염될 수 있다. 홍수열 자원순환경제연구소 소장은 "에코백이 친환경적이라고 착각하기 쉽지만, 주재료가 되는 면섬유는 다른 합성 섬유보다 화학 물질이 적을 뿐 친환경 소재가 아니다"라고 지적한다. 게다가 에코백 대부분이 천연 면화로 만들어지기보다 합성 섬유를 섞거나, 나일론으로 만든 경우도 많아 분해 속도를 따지는 게 큰 의미가 없다. 버려지면 재생하기도 어렵다. 동네마다 놓인 의류수거함 수거 대상도 아니다. 의류수거함을 운영하는 민간업체는 재사용 가능 의류를 선별해 해외에 판매하는데, 에코백은 효용 가치가 없기 때문에 의류수거함에 넣어도 재활용되지 않는다. 가장 큰 문제는 에코백이 너무 많이 만들어진다는 점이다. 여러 브랜드에서 매번 신제품을 내놓고 있는 데다, 마케팅 판촉물로도 대량 생산되고 있다. 에코백에 로고를 찍어 홍보 삼는 경우는 흔하다. 에코백도 재사용을 많이 해야 취지가 살아난다. 홍수열 소장은 '반려 에코백'을 제안했다. 반려동물처럼, 단 하나의 에코백만 사용하자는 의미다. 적게 소유하기. 에코백을 사용할 때도 잊지 말아야 할 원칙이다.

색연필은 접근이 쉽고 편한 드로잉도구이지만

입시 미술을 할때는 항상 서브였다.

습식 재료의 도우미 역할이랄까?

하지만 입시를 포기하고 거의 10년 만에

색연필을 다시 집어들었을때, 이 친구는 더이상

서브가 아니었다. 주인공 이었다.

가장 평범하고 흔한것으로 삶을 채우고 싶다.

그 평범한 것이 내 안에 닿아 밝은 빛으로,

어여쁜 것으로 나올수 있으면 좋겠다.

늦게 일어난 새라 벌레는 못 잡겠지만,
따뜻한 낮에 맛있는 커피는 마신다

———

일찍 일어나는 새가 벌레를 잡고, 부지런히 일한 개미는 겨울을 넉넉하게 버틴다. 어릴 적부터 일찍 일어나, 성실하게 살라고 배웠기 때문에 아침잠이 많은 나는 늘 게으르고 엉성한 아이로 낙인찍혀 자랐다. 아침 일찍 일어나는 건 여전히 너무 힘들다. 새 나라의 어린 이는 일찍 일어난다는 노래도 있는데(요즘 아이들은 이런 노래 안 배우겠지), 그래서 난 늘 헌 나라의 어린이였다.

프리랜서로 살면서 평균 기상 시간은 9시 반에서 10시, 잠드는 시간은 대략 1시 반 정도 되는 것 같다. 아무 때나 막 자고 아무 때나 막 일어나는 게 아니라 나만의 패턴이 생겼다. 그리고 이렇게 살기 시작하면서 달고 살던 입병과 감기가 없어졌다. 수시로 드나들던 이비인후과를 2년 동안이나 가지 않았다는 건 기적과도 같다. 모두가 홀쩍대고 콜록댈 때 나는 거뜬하다. 누군가 정해준 시간이 아니라 스스로에게 적절한 시간에 맞춰 살다 보면 건강하게 살 수 있다. 건강한 삶이라는 거 생각보다 별거 아니다. 이것저것 영양제를 챙겨 먹지 않아도 내가 정한 시간에 잘 자고, 알람이 아닌 자연스러운 몸의 흐름에 따라 일어나면 개운한 아침을 시작할 수 있다.

　일어나서 가장 먼저 하는 일은 물을 한 잔 마시고, 좋아하는 아몬드 시리얼을 먹는 것이다. 보통은 저지방 우유에 말아 먹지만, 가끔은 아무것도 첨가하지 않는 두유에도 말아 먹는다. 정말 맛있다. 삶은 계란도 하나 까먹고, 그다음엔 커피를 한 잔 내려서 초콜릿과 함께 호로록 마신다. 이 시간이 내가 가장 좋아하는 시간이다. 그러고는 다시 소파에 누워 인스타그램을 후루룩 훑어보고 뭉그적거린다. 온라인 강의에 올라온 질문에 답을 달기도 하고, 메시지에 답을 하기도 한다. 이렇게 오전을 보내고 나면 점심시간이다.

　오전의 뭉그적 시간이 없으면 그림도 그릴 수 없고, 강의를 할 수도 없다. 나의 하루 에너지는 뭉그적대는 시간에서 나오고 나는 그것을 '뭉그적 에너지'라 부르기로 했다. 아무것도 하지 않는 것에 대해 우리는 늘 죄책감을 가지고 산다. 호주에 있는 친구 제리는 12월 중순부터 1월 초까지 휴가인데, 거의 3주 가까이 쉰다. 회사 전체가

휴무라 사무실에 들어갈 수도 없다고 한다. 호주의 경제는 대체 어떻게 돌아가는 건지 궁금했다. 잘 쉰 덕분에 일터에 돌아가면 다들 열심히 일할 수 있다는 답변을 받았다. 그것이 호주 경제의 핵심이다. 잘 쉬고, 일도 잘 하는 것. 그래, 결국 잘 쉬지 않으면 안 된다.

작업실을 구하기 이전에는 부모님과 동거하면서 늘, "일찍 일어나라", "너는 왜 이렇게 게으르니"라는 말을 듣고 살았다. 평생 들어 왔음에도 불구하고 고칠 생각이 조금도 없다. 사회가 정한 부지런한 아침이라는 시간과 개념에 날 맞출 생각과 의지가 전혀 없기 때문이다. 난 내 패턴에 맞춰 늦게 일어날 거고, 늦게 잘 거다. 오전에는 여느 때와 같이 뭉그적댈 거고, 뭉그적 에너지를 통해 삶을 더 풍성하게 살아갈 것이다. 조금만 일하고, 조금만 벌어도 잘살 수 있다. 느지막이 일어나 시리얼을 말아 먹고 느리게 커피를 마실 것이며 낮의 예쁜 빛을 받으며 산책도 할 것이다. 덜 열심히 살아서 더 행복한 삶. 나는 이 삶을 택했다. 뒤처지는 것처럼 보이겠지만, 그래서 좋다. 조금 느린 게 얼마나 좋은 건지 안 해 보면 몰라요.

마이크로 개미는 즐겁다

비가 주룩주룩 오는 날은 글쓰기 참 좋은 날이다. 날이 좋으면 밖에 나가서 뭐라도 하고 싶어 장바구니 들쳐 메고 시장에서 시간을 보내기도 하고, 아무튼 밖에 나가려고 노력한다. 그런데 이렇게 며칠 동안 날이 우중충하고 비까지 하루 종일 오는 날이면, '그래, 오늘이다' 싶은 마음으로 글을 쓴다. 다루고 싶은 주제가 두 가지 있는데, 첫 번째는 요즘 최대 관심사인 '주식'이고, 두 번째는 그림 그리는 노동에 대한 것이다. 이렇게 다른 두 가지의 이야기를 어떻게 버무려 쓰느냐가 오늘의 과제가 될 것이다. 어쩌다 이렇게 '주식'에 관심을 갖게 되었냐고? 우선 『존리의 부자되기 습관』을 이야기하지 않을 수가 없다. 투자자 짐 로저스를 좋아하는 편인데, 그의 저서에서 '돈이 스스로 일하게 하는 것'이 자본주의의 원칙이라는 말이 반복적으로 나온다. 하지만 동시에 나는 신자유주의에 대해 께름칙한 마음이 있어서 어떻게 하면 균형 있게 잘살 수 있을까 하는 데 관심이 많았다. 하지만 존리 선생님(내 마음대로 선생님이라고 부름)의 책을 읽고 이 부분이 많이 해소되었다. 특히 대한민국 사교육에 대한 선생님의 생각에 굉장히 동의하는데, 궁금한 사람들은 직접 찾아보길 바란다. '돈이 스스로 일하게 하는 건' 결국 '투자를 잘하는 것'이고, 그 결과로 어느 정도 자본이 생겨야 그다음을 꿈꿀 수 있다. 노동을 통해 버는 건 돈이 일하는 게 아니라, 내가 일하는 거다. 나라는 주체가 자발적으로 일하는 시간보다 돈이 자발적으로 일하는 시간을 늘리는 삶이 지금 내가 목표한 삶의 형태다. 그래서 주식을 시작했다. 실은 9월부터 하고 있었는데, 3개월 정도 지나니 조금씩 흐름이 보이고 부쩍 재미있다. 이렇게 말하면 엄청나게 이득을 봤다고 생각하는 사람들이 있는데, 실은 전혀 그렇지 않다.

우선 나는 대단한 자본이 있는 게 아니라서 아주 적은 금액으로 시작했다. 개미 투자자가 있다면 더 아래 '마이크로 개미'라고 별명을 붙여 보았는데, 바로 나 같은 투자자다. 처음에는 아무것도 몰랐기 때문에 1주를 사는 것으로 시작해 봤다. 그렇게 조금씩 5주, 10주 정도로 주식을 하나씩 모으는 중이다. 너무 적은 금액이라 손해를 봐도 10만 원 단위를 넘어간 적이 없다. 이 정도로 적은 금액으로 나름의 투자를 시작해 봤다. 동시에 주식 관련 책을 찾아보고,

작가에게 추천받은 '삼프로 TV'도 꼬박꼬박 챙겨 본다. 이게 억지로 하는 게 아니라 너무 재밌어서 방송을 기다리게 되는데, '이렇게 재밌는 게 세상에 존재했단 말이야?' 싶다. 아침에 일어나면 주가를 보는 것으로 시작하는데, 오르면 올라서 즐겁고, 떨어지면 또 살 생각에 즐겁다. 금융 관련 책은 읽으면 시간도 후딱 지나가는 걸 보니 천성이 투자자로 태어난 게 아닌가 싶다. 겨우 10만 원 단위로 투자하면서 투자자라고 말하는 게 부끄럽다는 생각도 들지만, 어쨌든 투자인걸! 적은 금액으로 해서 더 재밌는 걸지도 모른다. 원래 기업이나 브랜드에 관심이 많고, 새로운 분야에 대한 이야기를 듣는 것도 좋아하니 주식이야말로 최고의 취미 생활이다. 세상의 아주 다양한 분야에 대해 배울 수 있는데, 최근에는 가이아-X에 대해 배웠다. B2B 클라우드 서비스로 독일의 주도하에 개발이 진행되고 있다. 게다가 오픈소스! 엔지니어인 아빠에게 얼른 말해주었다. 주식이야말로 세상을 배우는 가장 확실하고 즐거운 방법이 아닐까 싶다. 실제 돈이 들어가니 수업료를 낸다고 생각하면, 나는 적은 금액으로 즐거이 공부하는 셈이다.

지금은 팬데믹으로 주가가 떨어진 종목들을 조금씩 줍고 있는데, 최근에는 대한항공 우선주를 샀다가 50프로가 올랐다. 겨우 15만 원 남짓한 돈이지만, 이걸로 조금씩 다른 주식을 사 모은다. 이게 얼마나 재밌으면 재밌다는 말을 이렇게나 자주 쓰고 있다. 정말 재밌다. 이렇게 취미로 돈을 벌다 보면 돈 때문에 하고 싶지 않은 그림을 그린다거나, 돈 때문에 하고 싶지 않은 강의를 억지로 하지 않아도 된다. 결국은 이 모든 게 나의 창작에 꽤 영향을 줄 거라 생각한다. 그래, 이렇게 자연스럽게 창작으로 넘어가 보자. 여태껏 하고 싶지 않은 작업을 억지로 한 적은 없다. 그런데 프리랜서 분야가 참 웃긴 게, 의도치 않게 불편한 일이 생긴다. 나처럼 인스타그램을 기반으로 창작 활동을 하는 그림 작가는 홍보 대행사 혹은 기업의 유관 부서에 알게 모르게 데이터베이스화되어 있다. 그래서 작업 의뢰가 들어올 때 3~4명의 작가에게 컨택이 들어가고, 거기서 단가가 맞으면 작업이 진행되고, 그렇지 않으면 나가리(?)되는 경우가 종종 발생한다(나가리라니… 점점 막 나가고 있다). 나에게 들어왔던 일인데 다른 작가의 피드에서 보게 되는 일이 종종 일어나고, '아, 그러면 저 사람은 단가를 좀 낮게 불렀나 보군…' 하는 일들이 생각보다 많아지고 있다. 그러면 '그때 단가를 좀 낮춰 부를 걸' 하는 생각도 들고, 괜히 입찰 경쟁에서 떨어진 것 같은 기분이 든다. 그래서 돈을 떠나 진정으로 내 작업을 눈여겨보고 '나'와 작업하는 것에 의미를 두는 클라이언트를 만나려면, 스스로 작업비에 자유로워야 한다는 생각이 들었다. 물론 여태껏 진행한 대부분의 프로젝트는 수수진 작가의 작업 자체에 의미를 두고 의뢰한 분들이라 한 건의 문제도 없이 잘 진행되었다. 이렇게 좋은 클라이언트만 만나는 것도 참 복이다. 진행되지 않은 수많은 다른 작업에 대해서는 그냥 내 일이 아니었다고 생각하고 넘어가면 그만이다.

하지만 꼭 이런 부분에서뿐만 아니라, 주식을 시작하고 나서는 '조바심'이 많이 없어졌다. 더 많은 포트폴리오를 만들어 어느 위치에 가고 싶다는 생각이 있었는데, 그러다 보면 사람이 조바심이 나고, 작업이 안 나오면 안 나올수록 구렁텅이에 빠져버린다. 하지만 주식 시장을 보니 특히 코스피는 요즘 지수 변동폭이 작아서 그런지 몰라도, 2~3개월은 돼야 조금씩 변동이 생긴다. 동시에 매일 조금씩 내려갔다가 올라갔다가를 반복한다. 늘 이 숫자들을 보면서 목표하는 바를 이루기 위해 그냥 지금처럼 가다 보면, 어느 위치에 자연스럽게 닿아 있을 거라는 믿음이 생겼다. 그래서 글을 매일 써야 한다거나 매일 인스타에 그림 하나를 올려야 한다는 일종의 작업 강박을 없앴다. 요즘은 3일에 한 번꼴로 인스타그램 업데이트를 하기도 한다. 인스타 팔로워와 도달 수치에 연연하던 것도 거의 사라졌다. 그냥 나는 내 길을 묵묵히 쓸고 닦으며 천천히 걸을 뿐이지 그

이상 더 할 수 있는 건 없다는 생각이다. 보통 사람들은 주식을 일종의 도박으로 생각하기도 하는데, 어떤 마음가짐으로 다루느냐에 따라 달라진다. 다행히도 주식에 대한 좋은 책을 많이 접했고, 덕분에 건강한 태도로 임할 수 있게 되었다. 물론 모두에게 맞는 건 아니다. 어제 삼프로 TV에서는 "결정 장애가 있는 사람은 주식하면 안 된다."라는 말을 했는데, 백 프로 공감하는 말이다. 결정에 대한 책임이 전적으로 나에게 있는 분야기 때문에 '스스로를 알지 못하면 주식을 하면 안 된다.' 나는 나를 잘 알아서, 정말 조금의 돈으로 지극히 소량 투자하는 지금이 좋다. 그래서 주식을 모두에게 추천하지는 않지만, 알아두면 나처럼 즐거운 취미를 발견할 수도 있다.

2020년

―――

우리는 2020년을 오래도록 기억할 것이다. 아니, 기억할 수밖에 없을 것이다. 전 세계를 뒤덮은 코로나19 전염병의 위협 속에서 꼬박 1년 넘게 보내고 있다. 영화에서나 봤던 일을 몸소 체험하는 중이다. '앞으로 뭘 하고 살아야 할지'에 대한 질문을 한다. 코로나를 겪으면서 모두 마음에 이 질문을 품었으리라. 올해 마흔이 된 선배는 이번에 직장을 잃었다. 첫째는 초등학교에 다니고, 막내는 이제 곧 초등학교에 들어간다. 진로에 대한 고민은 40대에 훨씬 치열하다고 한다. 결국 그런 거구나 싶다. 무언가가 되어도 또 무언가가 되어야 하는 끊임없는 과정이 결국 인생인 거다. 아빠가 되었어도, 작가가 되었어도 마찬가지다. 또 무엇이든 하지 않으면 안 된다.

오늘은 너무 지친다. 하루 종일 쓰고 있는 마스크 때문에 지치고, 고민에 지친다. 너무 지쳐서 더 이상 생각하고 싶지 않다. 영감을 주는 메시지가 필요한가 싶어 '세바시'('세상을 바꾸는 시간'이라는 강연 프로그램)를 봤는데, 기분이 더욱 나빠졌다. 좋아하는 것을 찾아서 몇 년을 투자하면 그 분야에 최고가 되지 않겠냐는 말이다. 아, 정말 싫다. 좋아하는 것을 찾으라는 메시지도, 앞을 향해 나아가라는 메시지도, 싫다. 전 세계적 전염병을 겪고 있으니 언택트 시대의 인재가 되기 위해 분석하고 노력하란다. 싫다. 모두가 멈추고 잠시 뒤로 돌아갈 필요도 있는 거다. 좀 불편하고 어려웠던 시절로 어쩔 수 없이 돌아갈 수밖에 없다. 최악의 사회를 겪으면서 어쩌면 좀 더 못한 상황으로 돌아가는 게 최선은 아닐까 생각해 본다.

정부에서 용돈을 좀 쥐여 준다고 해서 삶이 나아지는 것도 아니고, 인류가 어떻게 변할지 빠르게 분석해 어떤 시장을 점유한다 할지라도 똑같은 인간이고 똑같은 삶이다. 계속해서 뭔가에 채근당하는 삶이라면 나는 포기하고 싶다. 기꺼이 모든 경쟁에서 지는 것을 택하고 싶다. 모두가 나를 앞서갈 수 있도록 길을 내주고 싶다.

앞으로 뭘 하고 살아야 할까. 나는 그냥 오늘을 살아내는 것으로 이 질문에 대한 답을 해야겠다. 그 이상은 생각도 안 나고, 생각하고 싶지도 않다. 오늘 점심은 뭘 먹을지 정도의 고민만 하련다. 그리고 가능하다면 큰 보폭을 만들어 뒷걸음을 걷겠다(뒷걸음을 치겠다는 문장이 읽기에 더 익숙하지만, '뒤로 걷는다'라는 감각을 표현하고 싶어서 이렇게 쓴다). 후퇴하는 삶을 사는 것으로 내 미래를 그려본다. 좀 더 못한 삶, 좀 더 불편한 삶, 나는 그 삶을 기꺼이 선택하겠다.

코로나 일상

생각보다 집에만 있는 거
더 좋아하는 편이네

원래 사회와 거리를 두고
살아온 인생...

사회적 거리두기가
생활화되어 모든
클래스는 하차를
하게 드립니다

숙취야 아무래도
오늘 나 때문에
약속을 미룰어졌어

...

모두와 거리를 두고 사는 것...
생각보다 나쁘지 않다

전혀 어색하지 않아
오히려 편안해

우리는 결국 횡단보도 앞에서 마주친 거야

─────

유독 걸음이 빠른 사람들이 있다. 길을 걷다보면 옆을 쌩하니 지나쳐 빠르게 앞서가는 사람들이다. 한참 걷다 횡단보도 앞에서 다시 마주친다. 빠른 걸음으로 먼저 도착한 곳이 횡단보도라니 가끔은 좀 허무하다. 난 코로나19가 신호등이라는 생각을 한다. 다 같이 각자의 속도로 열심히 걸어 도착한 곳, 빨간불이 오래도록 켜져 있는 신호등 앞 횡단보도, 그 앞에 그저 서 있을 수밖에 없는 사람들.

아프면 출근하는 대신 집에서 쉬는 게 당연한 건데, 코로나 시대가 된 지금에서야 당연한 게 당연해졌다. 물론 이렇게 된 상황이 너무 안타깝긴 하지만, 국가에서 운영하는 캠페인 '잠시 멈춤'을 보며 어떤 의미에서 이 전염병은 너무 오래도록 달려온 지구가 잠시 쉬어가는 시간일지도 모른다는 생각을 했다. 아마 많은 사람들이 이

상황을 그렇게 해석하고 있을 것이다.

사회적 거리두기를 지키기 위해 웬만하면 대면 강의를 진행하지 않고, 일에 관련된 미팅은 화상 회의를 하고 있다. 거의 대부분 작업실에서 이렇게 시간을 보내면서 혼자 지내는 삶에 익숙해졌다. 과거에는 집에만 있으면 답답하다고 생각했는데, 이제는 그런 감각이 사라진 지 오래다. 카페에서 일해야 잘된다는 마음도 없어졌다. 오히려 마스크 쓰고 카페에 앉아 있는 게 더 힘들다는 걸 경험하니, 이제는 그냥 집에 있는 게 몸과 마음이 제일 편하다.

좀비물 역사의 한 획을 그은 〈워킹 데드〉를 보고 있다. 이 드라마에 나온 대사가 인상적이었다. 감염병에 대해 이렇게 말한다. 인류 역사상 전염병은 늘 있었고, 병의 유행은 지구가 스스로 재생하는 과정이라고, 지구가 아파서 우리 모두가 이렇게 아픈 거라고 말했다. 워킹 데드처럼 좀비 바이러스가 창궐하지 않아 다행이라는 생각이 든다. 지금 우리는 마스크를 바르게 잘 쓰고, 더러운 손으로 눈을 비비지 않고, 손을 잘 닦으면 코로나19를 예방할 수 있다. 지금 이렇게 모두가 느리게, 천천히 갈 수밖에 없으니 이 속도를 한 번쯤 느껴보고 마음에 이 감각을 새겨보는 건 어떨까. 그럼 지구도 예전보다는 건강해지고, 더불어 지구에 사는 생명 모두가 건강해질 수 있으리라 믿는다.

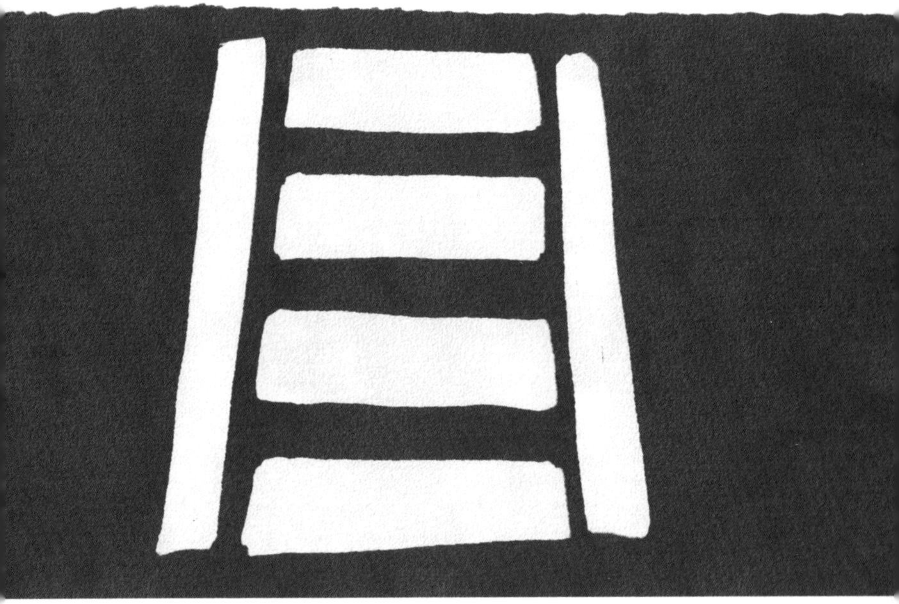

결혼은 하고 싶지 않지만 외로워

가벼운 만남, 가능하세요?

'연애'가 빠지면 섭섭하다. 에세이도 마찬가지다. 그래서 연애 이야기를 슬슬 해볼까 한다. 스무 살 초반에는 대학교 CC로 3년 정도 교제했고, 회사에 다닐 때도 사내 커플로 비슷하게 3년 정도 남자 친구를 만났다. 자연스러운 만남 추구, 줄여서 자만추 연애를 해왔다. 하지만 서른 살이 된 이후, 게다가 홀로 외로이 창작하는 삶을 선택한 이후, 새로운 남자 사람을 만날 수 있는 환경이 거의 없다. 가끔 클래스에서 새로운 사람을 만날 수 있지 않냐는 질문을 받는데, 보통 수수진 작가의 그림을 배우러 오는 분들은 여성이다. 아, 중요하게 짚고 넘어갈 부분이 있는데, 내 인스타그램 팔로워의 90프로가 여성이라 소셜 플랫폼을 통해 남자 사람을 만나기도 매우 어렵다. 여성 팔로워들의 활동은 꽤 진취적이고, 또 적극적으로 지지를 표시한다. 동시에 매우 친절해 내 팔로워의 90프로가 여성이라는 사실이 매우 감사하고, 자랑스럽다. 하지만 어쨌든 내 환경에서 새로운 남자를 만나기란 하늘의 별 따기보다 어렵다는 말을 하고 싶다. 그리고 어떤 이유인지는 몰라도 30대 이후에는 소개팅이 완전히 끊겨 버려 결국 데이트앱을 시작하게 되었다. 한동안 딸의 연애와 결혼이 걱정된 나머지 엄마는 "요즘 사람들은 데이트앱으로 만나요"라는 신문 기사를 오려 내 책상에 올려놓았는데, 실은 엄마가 부추기기 전부터 이미 데이트앱을 사용하고 있었다. 어쨌든 이렇게 가족들의 든든한 정서적 서포트까지 받으며 데이트앱을 했다.

세상 모든 남자들이 다 여기에 있었다. 백인, 흑인, 동양인 할 것 없이 모든 남자가…. 각종 직업군과 다양한 외모 그리고 취미까지, 사람 구경하는 것 자체가 너무 재미있었다. 대부분의 데이트앱은 이렇게 작동한다. 상대방의 사진과 프로필이 나오고, 그 사진을 오른쪽으로 넘기면 '호감' 반대로 넘기면 '비호감'이다. 매우 단순하다. 서로가 호감을 표시한 경우 두 사람이 연결되고 채팅방을 오픈할 수 있는데, 앱에서 이야기를 나누다 실제로 만남을 갖기도 한다. 나는 가볍고 느슨한 만남을 목적으로 시작했지만, 2년 전 만났던 그 사람 덕분에 '만남'에 '가볍다'는 수식어가 얼마나 어울리지 않는 조합인지를 뼈저리게 깨달았다.

그는 미국에서 온 소프트웨어 엔지니어였다. 디지털 노마드라는 말을 들어본 적이 있을 것이다. 전 세계를 여행하면서 원격으로 일하는 사람들. 그는 정확히 그런 삶을 살아가고 있었다. 내가 좋아하는 남자 부류 중 1위는 소프트웨어 엔지니어, 2위는 잘생긴 백인인데 그는 이미 두 가지를 모두 가지고 있었다. 대학생 때 만든 앱으로 이베이에 인턴으로 들어갔다가 그렇게 죽 10년 가까이 엔지니어로 일했다고 했다. 나는 이런 재능 있는 사람들의 스토리에 참 약하다. 이미 그를 만나자마자 푹 빠져버렸다. 평소에 가장 가보고 싶었던 도시인 포틀랜드에 산다고 했다. 마당 있는 넓은 집에서 룸메이트와 큰 개 한 마리와 산다. 힙스터의 고향이라고 하는 그 도시, 포틀랜드에 집이 있는 이 남자. 내 모든 판타지를 충족하는 사람을 이 앱을 통해 만났다.

이 나라 저 나라를 여행하고, 머무는 도시에 소프트웨어 기술 관련한 컨퍼런스가 있으면 틈틈이 참석하면서 자기 개발과 네트워크에도 소홀하지 않았다. 이 사람이 참 멋져 보였다. 그리고 신기하리만큼 통하는 구석이 있어서 그가 서울에 있는 한 달 동안 꽤 자주 만나고, 데이트를 했다. 그가 떠나고 나서는 한동안 너무 그리운 나머지 입맛이 없었다. 아침에 일어나자마자 음식부터 찾는 내가 입맛이 없다니. 이런 일은 드물다 못해 없는 일이다. 한 1년을 그리워

했다. 가끔 페이스북을 통해 연락했지만 아무것도 할 수 없으니 답답해 죽을 지경이었다. 서울과 포틀랜드 간 16시간의 시차는 일상의 대화를 불가능하게 만들었다. 어딘가에 그 사람의 존재가 있는데 영영 만날 수 없으니 삶의 한 부분이 아예 없어진 듯한 기분이었다. 그래서 결국 난 미국으로 떠났다. 그를 보지 않는 것보다는 한 번이라도 보고 죽는 게 나을 것 같다는 생각이었다. 어떻게 되었을까요? 그 후는 여러분의 상상에 맡깁니다.

그와의 만남을 통해 '사랑'을 느끼는 감정만으로는 '건강한 관계'를 맺기 어렵다는 걸 배웠다. 그를 만나는 과정에서 쓴 쪽글을 모아 『여행을 쉽니다』라는 제목의 독립출판물을 만들었는데, 난 여전히 그 책을 보면 마음 한편이 씁쓸하다. 데이트앱에는 가벼운 만남 추구라는 말이 가득하다. 특히 영어로 FWB, Friends With Benefits, 베네핏 있는 친구 사이, 우정과 사랑 사이의 애매한 관계로, 서로에 대한 책임은 없지만 그래도 육체관계가 가능한 요즘 시대 새로운 형태의 연애다. 영어이지만 우리 20~30대 사이에도 매우 익숙한 용어로, 요즘은 "사귀자."라는 말을 하는 건 구시대의 유물이라는 소리도 나온다.

아직도 잘 모르겠다. 연애에서 '가벼운 만남'이 정말 가능한 걸까? 그런 종류의 만남을 지속하면 육체의 욕구는 채울 수 있겠지만, 정서적인 욕구는? 물론 친구 사이니 정서적인 욕구도 일정 부분 채워지겠지만, 난 도통 상상할 수 없는 관계의 모습이다. 교환학생 시절 만난 미국인 친구 에스텔이 말하길, 요즘 아메리칸 남자들은 관계에 대한 '책임'이 부재한다고 했다. 그래서 2년 사귄 남자 친구는 에스텔이 결혼 이야기를 꺼낼까 두려워 전전긍긍하는 모습이 눈에 보인다고 했다. 결국 그 둘은 최근 만남을 정리했다.

과거에는 어느 한 성별이 다른 성별을 책임져야 하는 사회였다. 우리 엄마만 해도 결혼과 동시에 회사에서 해고 통지를 받았으니까 불과 1987년도에는 당연한 일이었다. 육아는 여자의 역할, 경제 활동은 남자의 역할이었다. 실제로 이렇게 사는 사람은 몇 없지만(친구들 중에는 엄마가 평생 가족을 먹여 살린 집도 여럿 있다), 사회의 암묵적인 동의가 그렇게 이루어져 있었다. 근데 지금은 많이 달라졌다. 결혼을 이유로 여자가 회사에서 일방적으로 짤리는 일은 잘 없다. 육아로 인한 경력 단절이 늘 사회 문제가 되고 있어서, 정부 각 부처에서 신경 쓰고 있다는 티도 많이 낸다. 실제로 어느 정도 성과가 있는지 모르겠지만, 이런 사회의 변화가 당연히 남녀의 역학적인 관계에도 영향을 주는 것 같다. 책임지고 싶지 않은 남자와 "책임지라고 한 거 아닌데?"라고 하는 여자. 나만 해도 다섯 살 많은 전 남자 친구보다 연봉이 높았는데, 늘 약간의 긴장이 있었던 걸로 기억한다.

　어쨌든 관계의 역학 안에서 가볍든 무겁든 그 무게가 어떻든지 간에, 사람과 사람이 만나는 건 세계와 세계가 만나는 일이다. 그래서 데이트앱에 있는 '가벼운 만남 추구'를 본인 소개랍시고 걸어놓은 사람들을 보면 가엾다. 얼마나 인생의 무게가 무거우면, 삶의 가장 중요한 부분을 가벼운 것으로 결정해 버렸을까. 누군가는 사랑에 지쳤을지도 모르고, 누군가는 가진 게 없어서 그런지도 모른다. 나도 내가 이 데이트앱에서 뭘 원하는지 모르겠다. 하지만 확실한 건, 요즘 사람들이 추구하는 서로 간 책임 없는 관계는 도통 이해가 되지 않는다는 것. 데이트앱 내 자기소개에 이렇게 적어 놓았다. "나는 Friends with benefits의 존재를 믿지 않습니다." 그래서 요즘은 도통 연결되는 남자가 없다. 아쉽지만 정말 그런 걸 어쩌겠나.

머릿속을 조물조물해서 탁!

———

들은 말 중에 가장 인상적인 문장이었다. 머릿속의 아이디어를 조
물조물 양념해 푹 잰 뒤 때가 되면 탁! 꺼내 놓는다는 말. 실은 나의
모국어 실력으로 멋지게 살린 말인데, 실제로는 "Marinated in my
brain(머릿속에서 양념하고) and then do it on my MacBook(컴퓨터
에 풀어놓고)."라는 짧은 문장이었다.

소프트웨어 개발자인 그에게만 해당되는 말이 아니다. 창작을 업
으로 하는 나에게 전적으로 해당되는 말이다. 항상 머릿속에 이런저
런 이미지와 문장, 단어가 가득하고, 그것을 재료 삼아 요리조리 정
량에 맞게 배합해 양념을 만든다. 가장 신선한 것을 골라 양념을 묻
히는 작업, 필요할 때는 오랜 시간 푹 묵혀뒀다가 언젠가 필요할 때
꺼내 먹는, 바로 그 작업.

종종 그가 그리울 때 이 말을 생각한다. 울고불고 지긋지긋한 관계였지만, 그 시간을 통해 남은 이 문장은 그가 남긴 선물이다. 이렇게 문장을 주워 내 서재에 담아둔다. 문장을 얻으려고 사랑을 하는 건 아닌데, 결국 남는 건 이것뿐이다.

내 마음대로 살거야

아니 요즘 시대에 무슨 결혼이야 ~
내 마음대로 살 거야 ~

엄마, 아빠 나 결혼 안 해!

또 시작이네 ~

아빠   엄마

쟤 뭐하니...?

아빠   엄마

짝을 찾아주는
마법의 ♡
데이트앱
♡

틴더, 범블, 커피 밋츠 베이글
온갖 데이트앱 섭렵하는 중 ~

순간접착제

———

요즘 가장 즐겨 신는 샌들의 밑창이 살짝 드러나 걸을 때마다 딸깍딸깍 소리가 났다. 산 지 얼마 안 되었을 뿐더러 어디에 신어도 잘 어울리는 신발이라 그냥 버리기에는 아까웠다. 그래서 순간접착제를 샀다.

순간접착제는 뚜껑을 열 때부터 유난스러웠다. 잘 열리지 않아 설명서를 보고서야 겨우 뚜껑을 열 수 있었는데 그마저 구멍이 막혀 있었다. 뾰족한 핀을 이용해 구멍을 내주라는 설명이 쓰여 있었다. 으, 겨우 펜 한 자루를 꺼내 깊이 구멍을 내주었다. 하지만 묽어 보이는 이 액체는 도통 나올 생각을 하지 않았다.

그래서 접착제 헤드 전체를 돌려 열어버렸다. 그 반동에 의해 접착제는 내 신발의 밑창이 아닌 내 오른손 전체에 주르륵 흘러버렸다. 액체는 뜨끈해지더니 이내 내 손가락 마디마디를 잠식해 버렸다. 손 전체가 들러붙었다. 당황한 나는 나머지를 왼손에 부어버렸다. 얼른 휴지를 가져다 닦아보려 했지만 손가락에 휴지까지 들러붙어 버렸다.

손가락에 자글자글 접착제 주름이 잡혔다. 화장실로 달려가 물에 손을 한참 담갔다. 마디마디 붙은 손가락은 다행히도 각자의 자리로 돌아갔고, 비록 접착제가 눌어붙어 조글조글한 상태이지만 키보드를 누를 수 있을 정도의 상태가 되었다.

이름을 봤을 때부터 알아봤어야 했다. '순간' '접착'제. 예기치 않은 순간, 재빨리 행동하면 이렇게 된다. 뭐든 천천히 시간을 가져야 하는 법이다. 딸깍거리는 샌들 따위 조금만 참았어도 되는데, 마음이 급했다. 비단 신발뿐이랴 너와 나의 관계도 그렇다. 천천히 붙읍시다. 혹은 천천히 붙입시다. 되도록이면 천천히.

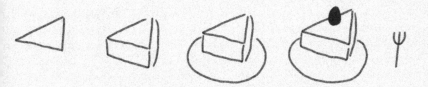

스트레스가 많은 날에는 단게 땡긴다
그런 날은 작은 삼각형으로 시작해
케이크 한 조각으로 마무리하면 조금 나아진다
오늘도 케이크 한 조각 하세요

그때 꼰대짓 대신 여우짓을 했더라면

지금은 주량을 알고 절제하며 마실 줄 아는 내공이 생겼지만, 대학생 때는 무턱대고 마시는 스타일이었다. 그때는 간의 해독력이 얼마나 좋았던지(간도 참 젊었던 시절이었다) 지금은 돈 주고 마시래도 싫은 깡소주를 그렇게 마셨다. 내 주사는 독특하게도 '꼰대'로 완전 변신하는 것이었는데, 당시에는 꼰대라는 단어가 생기기 전이지만 내가 딱 그 모양이었다. 남녀가 모여 앉아 술을 마시다 보면 취기가 올라 게임도 하고 또 그러다 끼리끼리 연애도 하고 그런 게 너무도 당연한데, 갑자기 자리를 박차고 일어나서 우리가 지금 이런 짓을 하자고 모인 게 아니라며 버럭 화를 냈다. 그리고 사회 문제, 혹은 미래의 불확실성에 대한 대책을 간구해야 하지 않겠냐는 등의 이상한 소리를 해댔다. 그러면 동기들은 슬슬 눈치를 보다가 나를 조용히 방으로 데려가 눕히곤 했는데, 문제는 분명 잠든 줄 알았던 이 꼰대가 새벽

녘에 갑자기 또 일어나서 똑같은 소리를 밤새 해댔다는 것이다.

실은 지금도 책과 문학 혹은 정치에 대해 이야기 나눌 사람이 절실하다고 생각한다. 사는 이야기는 재밌다. 연애는 더 재밌다. 하지만 눈앞에 있는 근심거리 혹은 알지도 못하는 사람 뒷담화를 몇 시간씩 하기에는 우리가 만난 시간이 너무 아깝다. 삶의 고민은 대부분 책을 읽음으로써 해소된다. 특히 철학이나 심리학 분야의 책을 읽다보면 책이 나를 읽는지 내가 책을 읽는지 헷갈릴 정도의 소름 돋는 순간이 여러 번 찾아온다. 고전이 여전히 사랑받는 이유는 아주 옛날 옛적에 살았던 사람들도 나와 비슷한 고민을 하고, 고난을 겪어내며 통찰의 경지에 이르게 된 과정을 들여다보는 재미 덕분이 아닐까? 그래서 나는 최근에 불륜과 질투, 야욕과 욕망의 그리스 로마 신화를 다시 읽었다. 욕망, 그 뜨겁고도 강렬한 것, 미지근하게 사는 지금의 나에겐 없는 것. 이렇게 독서를 통해 내 삶에 주어지지 않은 다른 질감의 인생을 대신 살아보기도 하고, 가끔은 지극히 현실을 반영한 활자를 하나하나 읽으며 가슴 아프기도 혹은 용기를 얻기도 한다. 사람을 만나 이야기하는 것보다 활자와 이야기 나누는 게 더 편해서 그런지 자꾸 혼자가 편하다. 어쩌면 함께 책을 읽고 이런저런 수다를 떨 수 있는 사람을 아직 못 만난 걸지도 모르겠다.

"대체 어디 있냐고 이 사람아. 이 답답한 사람아."

갈비뼈 건강을 신경 쓰느라

가장 큰 약점을 하나 말해 보라고 하면, 나는 연애를 정말 못한다. 연애를 잘 못한다는 말은 사랑을 못한다는 말일까? 이 질문에 답을 못하는 것으로 미뤄 보았을 땐, 사랑이든 연애든 어쨌든 그런 종류에 약하다. 물론 외로움이라는 밀물이 삶을 욱여쌀 때는 온갖 종류의 데이트앱을 설치해 오른쪽, 왼쪽 열심히 손가락을 움직이며 누군가를 만나보려는 눈물겨운 행동을 할 때도 있다.

그 안쓰러운 행위의 본질은 결국 '누군가와 함께하고 싶다는 열망'인데, 동시에 '혼자 있고 싶다는 열망'도 만만치 않게 크다. 이 둘이 싸우기를 반복하다가 '에라, 혼자가 편해'라는 결론을 내리고 정신 차려 보면 역시나 또, 싱글의 삶을 살고 있다. 외로움에 대한 글을 쓰는 날은 정말 외로운 날이다. 사랑을 하고 싶은 날이다. 누군가를 만나 갈비뼈가 으스러지도록 끌어안고 싶은 날이다. 내 갈비뼈는 몇 년간 너무 튼튼하고 건강하게 잘 지냈다. "왜 늘 이렇게 튼튼한 거야." 갈비뼈에게 괜히 한번 투덜대본다. 실제로 갈비뼈가 으스러 지면 안 되지….

그래, 실은 갈비뼈 건강을 신경 쓰느라 연애를 하지 않는 것이다. '나는 건강이 너무 중요한 사람이니까!'라고 하면 좀 괜찮아지려나?

아니, 전혀요.

사랑 찾아 삼만 리

30대가 된 지금은 연애가 가뭄에 콩 나듯 거의 없는 일이라고 봐야 겠지만 20대 때는 그래도 이런저런 치명적인 사랑을 했다. 특히 열정에 휩싸여 결정했던 '호주행'을 아직도 기억한다. 대학생 때 부터 늘 워킹 홀리데이를 하고 싶었다. 워킹 홀리데이를 처음 들 어보는 사람은 없겠지만, 그래도 간단하게 설명하자면, 1년 혹은 국가에 따라 2년까지 다른 나라에 거주하면서 합법적으로 일할 수 있는 비자다. 만 30~35세 이하의 청년에게 발급되는 비자로, 나 이 제한이 있다는 게 특징이다. 그 당시 주변의 만류로 쉽사리 결 정하기 힘들었는데, SBS 스페셜 다큐멘터리에서 워킹 홀리데이 비 자를 가지고 성매매하는 여성들의 이야기가 대대적으로 방영된 이후, 좋지 않은 이미지가 형성되어 있었다. 호주에 워킹 홀리데 이를 다녀오면 시집가기 어렵다는 말까지 생길 정도였다. 그래서 워킹 홀리데이에 대한 꿈을 접고, 대신 한 달간의 배낭여행을 준비했다.

시드니, 브리즈번, 멜버른 순서로 호주의 주요 도시를 여행했는데, 문제는 우리나라 8월은 여름인 데 비해, 호주는 한겨울이라는 것이다. 시드니의 겨울은 뼛속이 시릴 정도로 추워서(아마 여름 날씨에 몸이 맞춰져 있어 더 춥게 느껴졌던 것 같다) 여행을 시작하자마자 크게 병이 났고, 묵었던 숙소의 화장실에서 고열로 기절해 며칠간 침대에 누워 몸조리를 해야 했다. 같은 방을 썼던 친구가 새벽에 화장실을 들르지 않았다면 더 큰일이 날 수도 있었다. 거의 일주일을 끙끙 앓고 나니 따뜻한 곳으로 가고 싶었다. 시드니를 제대로 구경도 못하고 바로 브리즈번행 비행기에 몸을 실었다. 브리즈번은 놀라울 정도로 따뜻했다. 3시간 정도 비행기를 탔을 뿐인데 이렇게 다르다니. 바로 마음이 풀어지고, 모든 게 예뻐 보였다. 그리고 그때 호스텔에서 그 애를 만났다.

그 친구는 워킹 홀리데이 비자를 통해 브리즈번 근처 공장에 머물고 있었고, 열심히 일하다 잠시 쉬며 여행하는 중이라고 했다. 자동차도 하나 가지고 있었는데, 그 차를 얻어 탄 것이 우리의 시작이었다. 밤바다가 보고 싶다며 골드코스트에 다녀왔고, 호주의 동쪽 끝 바이런 베이에도 함께 다녀왔다. 도시에서 도시로 이동하며 15시간이 넘는 로드 트립까지…. 이 모든 게 비현실적이었다. 영화에서 보던 장면을 분 단위로 살아가는 기분이었다. 나는 완전히 사랑에 빠져버렸다. 이 친구 덕분에 내 삶의 모든 것이 완전히 채워진 기분이었다. 워킹 홀리데이 비자는 현지에서 발급이 불가해 여행을 마치고 귀국하자마자 비자를 받아 그와 함께하기 위해 호주로 떠났다. 이후 우리의 이야기는 여러분의 상상에 맡깁니다.

자꾸 나머지를 독자의 상상에 맡겨서 미안한 마음이지만, 연애라는 게 그렇다. 빠지는 순간은 그렇게 짜릿한데, 시작하면 식상한 그런 이야기가 되어버린다. 물론 좋을 때가 더 많지만, 그만큼 서로를 알아가고 맞춰가는 과정에서 싸우고, 실망하고, 결국은 이별을 맞이하게 되는 것. 호주의 연인도 다를 바 없었다. 호주로, 미국으로 사랑 찾아 삼만 리 여행을 했다. 나의 무의식에는 어딘가 다른 세상에 내 짝이 있다고 믿는 것 같다. 그래서 다른 나라까지 가서 샅샅이 사랑을 찾는다. 하지만 잘 생각해 보면 호주든 미국이든 한국이든 사람 사는 건 다 거기서 거기고, 사랑과 연애 그리고 결혼의 형태도 다 비슷하다. 마치 죽기 전에 적는 회고록처럼 '인생은 거기서 거기…'라는 노인네 같은 소리를 하고 있는데, 사실 이게 인생이 아닐까. 어쩌면 다행인 것이 그래도 여기저기 돌아다닐 열정과 체력이 있을 때 사랑도 했고, 로드 트립도 했다. 다시 하라고 하면 죽어도 못 할

것 같지만 말이다. 가끔은 그 시절을 그리워하며 다시 뜨거운 사랑
을 하고 싶을 때가 있다. 분명 누군가 밋밋한 내 삶을 다채롭게 물들
여 줄 거라고, 그 사람이 어딘가에 분명히 있다고 믿는 순진무구함
을 가지고, 온갖 상상의 나래를 펼치는 것이다. 이건 나이가 마흔이
되든, 쉰이 되든 마찬가지일 것 같은데 어쩌지. 그래서 사랑에 대해
서는 조바심을 내지 않기로 했다. 호주에서 만난 그때 그 사람처럼
사랑은 예고 없이 찾아오니 말이다.

옷에 묻은 기름때가 너무 안지워져서
한참을 보고있는데 거기 점 몇개 찍으면
귀여워질수도 있다는 생각이 들었다.
나의 수치스러운 흔적도 언젠가는
수수진만의 이야기로 남았으면 하고
내가 짝사랑했던 사람도 그때의 흔적도
언젠가는 귀여운 소재가 되길 바란다.

너는 내게 늘 1일이야

어떤 노래는 유독 사연이 있어서 듣기만 해도 그 노래를 듣던 순간과 감정으로 돌아간다. 푸릇푸릇하게 연애하던 그때 그 시절 남자 친구가 선물한 러브 송 메들리가 있었다. 긴 연애를 마무리하고 몇 주가 지나 어느 정도 괜찮다고 생각할 무렵, 지하철을 타고 가다가 우연히 그 음악을 듣고 왈칵 눈물을 쏟은 적이 있다. 당황스럽고 창피한데도 눈물을 멈출 수가 없었다. 이렇게 옛사랑의 추억은 어딘가에 도사리고 있다가 훅 치고 들어온다. 그리고 방금 누워서 그냥 노래를 듣다가 문득 그 사람을 떠올렸다. 올해 말 즈음에는 현 사랑 이야기를 하고 싶었던 내 계획과는 많이 다르지만, 나는 여전히 옛사랑을 되새기고 있다.

너무 힘들게 정리한 사랑이라 다신 꺼내고 싶지 않지만 아주 얇은 천 하나가 티도 안 나게 슥 스치는 느낌, 그런 느낌으로 그 사람이 떠오른다. 결코 의도하지 않았는데 그냥 떠오르는 걸 보면 무의식이라는 세계가 확실히 존재하나 보다. 욕을 퍼붓고 영혼 장례식까지 치렀는데도 여전히 마음 한편에 남아 있다. 관계라는 게 참 신기하다. 끊어져도 끊어지지 않는 눈에 보이지 않는 실이 확실히 존재한다. 보이지 않는 이것이 물리적인 세계에 영향을 크게 미친다. 관계라는 건 늘 그렇다.

그래서 오늘 들은 노래가 무엇이냐 하면, HONNE의 〈DAY 1〉이라는 곡이다. "너는 내게 늘 1일이야." 하는 가사인데, 사귀기로 하고 하루 이틀 세는 건 한국만 그러는 게 아닌가 싶었는데, 외국인의 입에서도 1일이라는 말이 나온다. 다시 곰곰이 생각해 보니 미국에서는 1년 단위로 기념일(anniversary)을 꼬박꼬박 챙기니 문화를 떠나서 '연애'란 대부분 비슷한 모습을 하고 있다. 만남 이후로 하루를 세고, 이틀을 세고, 날짜를 셀 정도로 그렇게 함께한 하루하루가 소중해진다. 이 노래를 듣던 당시 만난 사람이 미국인이라 더 의미를 부여해 반복해서 들었다. 물론 헤어지고 돌아오는 길에도 수차례 이노래를 들었다. 특히 뉴욕행 밤 비행기에서 들었던 이 노래를 잊을수가 없다. 화나고 밉고 슬픈데, 이 노래만큼은 참 좋았다. 내 상처

받은 마음은 안중에도 없다는 듯이 너무 좋았다. 오히려 그래서 다행이었다. 딱히 눈물도 나지 않았다. 같은 노래를 반복 재생해놓고 비행기의 작은 창문으로 바라본 뉴욕의 야경은 오래도록 마음속에 남아 있다.

누군가 "너는 내게 늘 1일이야."라고 하는 그 풋풋한 마음을 다시 가질 수 있을까. 요즘은 유튜브에서 손석구 배우 영상을 찾아보며 연애 감정을 대신하고 있는데, 가끔 일면식도 없는 그 배우를 생각하면, 괜히 미안한 마음이 들기도 한다. 이렇게 모르는 타인을 욕망하고 있다는 데 약간의 죄책감이 들면서 말이다. 근데 여태껏 세상에서 본 남자 중 가장 아름답다. 그렇게 태어난 사람들은 욕망의 대상이 되기도 하는 걸 어떻게 하겠나. 손석구 배우님은 그걸 적당히 즐길 줄 아는 것 같아 다행이다. 가끔 어디 가서 손석구 배우를 가장 좋아한다고 하면 "그게 누구야?"라고 묻는 사람들이 있는데, 아마 조금만 지나면 누구냐고 물어보는 사람이 아무도 없는 그런 위치에 갈 사람이라고 생각한다. 아, 늘 배우님을 생각하며 머릿속에 전사를 쓰고 있는데, 과연 내 시나리오가 배우님께 닿는 날이 오기는 할까. 오늘도 적당히 이상한 상상을 하며 시간을 보내고 있다.

어쨌든 강렬한 연애의 시절은 가고, 적당한 사람을 찾아 결혼을 해볼까 하는 생각을 하고 있다. 결혼에 대해 꽤나 부정적인 사람이 어쩌다 이런 마음을 먹었느냐 하면, 첫 번째는 '독립'이 가장 큰 영향을 줬다. 올해 5월부터 홀로 생활하면서 외롭다는 마음은 전혀 없지만, 오히려 이렇게 정서적으로 안정된 상태에서 누군가가 옆에 있다면 무리 없이 잘 지낼 수 있을 것 같다. 혼자 하는 모든 게 즐겁지만, 같이하면 더 즐겁지 않을까. 게다가 살림은 왜 이렇게 재밌어. 그림은 하루 종일 앉아 짧은 시간 집중력을 발휘하는 노동인데, 이런저런 머릿속에 있는 색깔과 이미지를 차곡차곡 정리하기에는 살림보다 좋은 게 없다. 그래서 살림을 하며 그림을 머릿속에 그려놓고, 적당한 시간에 후다닥 책상에 앉아 머릿속의 이미지를 실제로 만들어낸다. 살림과 그림 작업의 균형이 지금의 창작 활동을 가능하게 한다.

실제로 작업실을 구한 이후로 일이 훨씬 많아졌고, 만들어내는 창작물의 양도 몇 배는 늘었다. 스스로 살림을 하는데도 일의 효율이 좋다니. 천성이 살림꾼이다. 그래서 결혼에 대한 부정적인 생각을 조금 내려놓고, 소개팅에 나가서 "저는 결혼 생각이 없는데요."라고 말하는 치기 어린 시절도 슬슬 정리해 보려고 한다. 수수진의 글맛은 느슨한 비혼주의에서 오는데, 결혼을 생각한다니 이 얼마나 배

신감 드는 일인가! 하지만 이런 생각을 한다고 해서 당장 사람을 만나는 것도 아니고, 오늘도 이렇게 옛사랑의 추억을 더듬는 걸 봐서는 언제 이뤄질지 도통 안갯속이다. 모르겠다. 그냥 사는 거다. 이런 생각도 하고 저런 생각도 하면서 그냥 사는 거다. 이 또한 시간이 지나면 재밌게 읽힐 하나의 에피소드가 되겠지. 그런 의미에서 HONNE의 〈DAY 1〉을 한 번 더 듣고 자겠다. 그럼 이만, 오늘은 안녕.

결혼은 하고 싶지 않지만 외로워

영화 〈작은 아씨들〉을 보고 오는 길이다. 장면마다 버릴 것 하나 없는 소중한 영화였다. 주인공 '조'가 본인이 쓴 책 초판을 받아보는 장면으로 끝이 나는데, 그 장면을 다시 떠올려보니 조금 눈물이 날 것 같다. 주인공에게 여러모로 몰입이 되었다. 글을 쓰는 사람이자 여자라면 푹 빠져서 볼 수밖에 없는 그런 영화다. 색채는 또 얼마나 아름다운지…. 영화관에서의 재관람은 거의 하지 않는 편인데 어쩌면 이 영화가 그 첫 번째가 될 것 같다.

나는 늘 결혼하기 싫다는 말을 입에 달고 산다. 주된 이유는 '두려움'이다. 어디서부터 시작되었는지 알 수 없지만, '남자 잘못 만나 인생 꼬인 여자가 한둘?'이라는 문장이 머릿속 깊이 각인되어 있다. 나는 그런 여자가 되고 싶지 않아서 결혼에 대해 부정적인 편이다.

하지만 20대 중반 SBS 스페셜에서 해외로 입양된 아이들에 대한 다큐멘터리를 보고, 너무 충격을 받아서 꼭 마음이 맞는 사람과 결혼해 아이를 입양해야겠다고 굳게 결심했다. 한때는 그것이 신이 주신 사명이라고 생각했었다.

하지만 요즘은 일상에서 "결혼을 왜 해?" "결혼 너무 싫어." "연애만 할 거야."라며 설교를 하고 다닌다. 주변 친구들이 지겹게 느낄 정도로. 특히 우리 가족은 "그래, 너 하고 싶은 대로 하고 살아라."라며 거의 포기한 상태다.

하지만 이런 마인드로 어떻게 좋은 사람을 만날 수 있을까? 갑자기 자문하게 되었다. 여태껏 가지고 있는 결혼관이든 연애관이든 아무런 기준이 없고, 그저 기분 내키는 대로 사람을 만났다. 어디 면접을 보러 갈 때도 이렇게 안 할 것 같은데, 어떻게 인생이 걸린 문제에 대해 아무런 기준 없이 살고 있었나 스스로 경악을 금치 못하는 중이다.

〈작은 아씨들〉의 '조'는 비혼주의자로 나온다. 하지만 엄마에게 울면서 이렇게 말한다. "결혼은 하고 싶지 않지만 너무 외로워." 이 한마디에 지금 내 모습이 완전히 겹쳐 보였다. 실제로 지금도 결혼이라는 단어를 떠올리면 숨이 막힌다. 내 삶에 얹어질 수많은 책임. 포기해야 할 수많은 것이 눈에 보인다. 지금도 잘 모르겠다. 비혼주의를 결정하고 선언할 것인지 아니면 결혼에 대해 마음을 열어볼 것인지.

최근에 어렵사리 두 번의 소개팅을 했고(무려 억지도 나간 것도 아니고, 제 발로 나갔음), 두 번 다 결혼 이야기가 나왔을 때, "저는 결혼은 아직 모르겠어요."라고 말했다. 그러니 당연히 잘될 리 없었다. 대부분의 연애 관계에서 결혼이라는 주제를 피하느라 애를 쓰다 보니 아예 시작부터 말해야겠다고 생각했던 거다. 친구들도 어이없어했다. "소개팅에서 그렇게 말하는 사람이 어딨어?" 어디에 있긴, 여기 있지.

새해 목표 중 하나로 '연애'라는 키워드를 골랐었다. 하지만 결혼에 대한 두려움이 없어지기 전까지는 그저 외로움을 채우기 위한 연애는 하지 말아야겠다. 조는 외로움이라는 감정에 휩싸여 과거 거절한 남자에게(배우 티모시 샬라메가 한 로리라는 역할, 대체 이 남자를 어떻게 거절하는 건지 조는 대단해) 다시 잘해보자며 편지를 쓰는데, 외로움은 중요한 결정을 번복하게 하고, 모든 감정과 이성을 앞선다. 무섭다.

외로움을 잘 다스리는 방법, 아마도 없겠지만 그나마 효과적인 방법은 역시 글쓰기다. 내 블로그에 글이 쭉쭉 업데이트된다면 그런 의미로 읽어주면 되겠다. "아, 저 사람 참 외롭구나." 그래도 시간을 내서 이런 글을 읽어주는 독자들 덕분에 죽을 것처럼 외롭지는 않다. 에세이를 쓰는 작가라고 소개하기보다 그럴듯한 넋두리를 하는 찌질이로 조만간 자기소개 글을 바꿔야겠다.

데이트앱 전도왕 1

아멘~

은혜를 많이 받았어♡♡
전도하고 싶다

호옷!
내 친구 알리샤!
전도대상 발견!

오~

야 이것좀 봐 봐
대한민국 남자
여기 다 있음

정작 데이트앱을 전도하고
있었습니다

정작 본인은 어필을 잘 못함

나의 데이트앱 프로필을 살펴보면~

뭘 어쩌자는 건지 모르겠음

앨리스는 커플이 되고

결핍, 긍정적인 의미로 삶에 적용되는 순간

우리 가족은 나를 다소 두려워하는 경향이 있는데, 내가 한번 화가 나면 무서울 정도로 논리정연하게 사람을 공격해 너덜너덜하게 만들어 버리기 때문이다. 내 분노는 냉정하다 못해 이가 딱딱 부딪칠 정도로 춥다. 보통 화가 나면 불을 뿜는 모양새인데, 나는 좀 반대다. 얼음장처럼 차가운 성격의 분노는 사람을 더 아프게 한다. 불에 덴 상처는 약을 바르면 금세 낫는다지만, 동상에 걸리면 피부가 괴사하기도 한다. 그래서 웬만하면 화가 나는 상황에 나를 두지 않는다. 하지만 인생은 화가 나는 일투성이인 걸 어쩌나. 특히 가족에게는 더 쉽게 분노를 표출한다. 이번 주는 북극의 한기보다 차가운 나의 분노가 부모님을 꽁꽁 얼려버린 한 주였다.

엄마, 아빠는 딸의 결혼을 위해 오래도록 기도했고, 남동생을 먼저 장가보낸 것에 약간의 죄책감까지 갖고 있다. 하지만 나는 지금도 결혼 생각이 그렇게 간절하지가 않다. 그러니까 '결혼이야 생각만 있으면 언젠가 하겠지…'라는 마음을 갖고 있다. 그나마 '비혼주의'에서 이 정도로 넘어온 것만으로도 대단한 결심이 아니겠나. 이런 결심을 하게 된 스스로를 꽤나 기특하게 여기면서 살고 있다.

어쩌다 이렇게까지 다퉜는지도 기억이 가물가물한데, 먼저 분노를 표현한 건 내 쪽이었다. 무리해서 동생의 결혼을 추진한 것에 늘 불만이 있던 터라, 그걸 이야기하는 과정에서 결국 다툼으로 번졌다. 그러게 네가 왜 결혼을 안 했냐부터 시작해, 왜 제대로 된 남자 하나를 못 만났냐는 말이 내 쪽으로 넘어왔다. 이제 게임 끝, 눈에 뵈는 것 없이 엄마, 아빠가 비혼주의의 원인이라며, 온갖 것을 다 끌어다가 상처 주는 스토리텔링을 그럴듯하게 만들어내서 조목조목 쏟아냈다. 두 시간에 걸친 분노의 통화를 마친 그날 밤, 엄마, 아빠는 한숨도 못 잤다고 했다. 정말 미안합니다. 이런 딸이라.

하지만 삶에 겨우 결혼 하나가 존재하지 않는다는 이유로 지금까지 내가 이뤄온 모든 것이 평가 절하되는 일은 납득할 수 없다. 만약 인생의 평가표를 만들어서 점수를 매길 수 있다면, 기혼자의 시시

한 삶보다 내 삶이 훨씬 점수가 높을 것이다. 행복지수를 따지면 엄마, 아빠, 부부보다 내 인생이 훨씬 높다. 왜냐면 두 분에게는 나 같은 딸이 있기 때문에 마이너스 몇 점은 먹고 들어간다.

'결혼 적령기'는 연애와 사랑에 있어서 '저주의 시기'와도 같다. 사랑하고 싶은 사람을 마음껏 사랑할 수 없다. '결혼'해서 적당히 잘 먹고 잘 살 수 있는 스펙의 남자를 제대로 찾아야 '결실'을 맺을 수 있다. 사랑해서 결실을 맺는 게 아니라, 결실을 위해 사랑한다. 목적이 완전히 뒤바뀐 전혀 논리적이지 않은 이 결혼이라는 시장에서 떡상하는 종목을 어떻게 찾을 수 있을까. 나는 잘 모르겠다. 정말 모르겠다.

지난 한 주는 '결혼'이라는 문제를 가지고 씨름하다가, 부모님이 딸의 삶에서 '결핍'이라고 여기는 '애인과 결혼의 부재'가 실은 지금 내 삶의 가장 큰 '메리트'라는 결론을 맺게 되었다. 만약 지금 내가 기혼자로 살고 있다면 나는 '수수진'이라는 '자아'를 완성하는 데 엄청난 시간이 걸렸을 거다. 하지만 홀로 이 시간을 보낸 덕분에 그 과정을 크게 줄일 수 있었다. 그 누구도 부럽지 않은 독립적인 세계를 완성했고, 앞으로 주어진 삶에서 해야 할 일 또한 정확히 알고 있다. 평생 상상 속에만 존재했던 '저자'라는 꿈을 이뤘고, 지금도 이뤄나가고 있다. 나중에라도 내 삶에 배우자가 있으면 '함께'할 수 있어서 더 좋고, 그렇지 않으면 또 그런대로 괜찮다. 무엇보다도 지금 이런 글을 쓸 수 있는 것이 참 좋다. 나와 비슷한 상황에 있는 '결혼 적령기'의 남녀와 이 글을 나누며 위로와 공감을 나눌 수 있으니 참 좋다.

그럼 결혼한 상태에서는 공고한 자아 정체성을 찾을 수 없는 것일까? 그렇지 않다. 다만 결혼 생활 가운데에서는 그걸 찾는 과정이 늘 뒷전일 수밖에 없다. 과연 육아보다 나 자신을 더 중요한 위치에 둘 수 있을까? 만약 배우자가 나보다 혹은 우리 아이보다 자신을 더 우선순위에 놓고 본인의 자아를 찾는 과정이라고 말하면, 그걸 오롯이 기다려 줄 수 있겠느냐는 말이다. 부모가 된 이상, 아이를 독립시킬 때까지 모든 삶의 우선순위는 '육아'가 되어야 한다. 기혼자 중 아직 아이가 없다면, 오나 도나스의 『엄마됨을 후회함』이라는 책을 꼭 읽어보길 바란다. 우리 엄마도 첫째인 나를 낳아 키우던 때가 인생에서 가장 힘들었던 시간이라고 회상한다. 그 당시에는 '산후 우울증'이라는 단어가 존재하지 않았던 시절이라, 몇 날 며칠 이유도 모른 채 눈물을 흘렸다고 한다. 지금 돌이켜 보면 그게 엄마가 겪은 산후 우울증이었다.

'누구의 아내로, 누구의 엄마로 살고 싶지 않았어'라는 말은 내 삶에 아예 존재하지 않을 것이다. 왜냐면 나중에 누군가의 아내와 엄마가 되더라도 여전히 나는 '수수진'이다. 확고한 자아 정체성을 갖고 이 험난한 시대를 살아가는 건 나에게 부동산보다 더 귀한 '재산'이고, 이 재산은 지금의 미혼 상태에서 얻을 수 있었다. 물리적인 나이를 무시할 수는 없겠지만 그것보다 훨씬 중요한 삶의 가치를 안다면 그까짓 나이는 아무것도 아니다. 나에게는 자아 정체성을 얻는 것이 무엇보다도 가치 있는 일이고, 그래서 '내 인생'에서 '나'와 온전히 보낼 수 있는 시간을 가능하면 최대한 연장하고 싶다.

안정을 위한 결혼이 무슨 뜻이야?

'안정'을 위해 결혼하고 싶다는 친구의 말에, 도대체 그게 무슨 뜻이냐고 물어봤다. 주변 기혼자의 삶을 보면 안정된 삶과는 상당히 멀어 보인다. 결혼 후에는 '임신은 언제?', '그럼 육아는 어떻게?', 그 와중에 자기 개발에도 힘써야 하며, 양가 가족까지 살뜰하게 챙겨야 한다. 기혼자에게는 훨씬 많은 과제가 주어진다. 그래서 결혼이 가져다주는 안정이 뭔지 진지하게 물었다. 친구는 더 이상 누군가를 찾는 연애의 과정에 지쳤다며, 한 사람을 만나는 것이 '안정'의 시작이라고 말했다. 아, 난 차마 생각도 못한 부분이었다. 새로운 사람을 만나는 건 또 나름의 재미가 있는 일이라 그걸 그만둔다면 꽤 아쉽지 않을까? 나는 이런 마인드를 가지고 있으니 결혼을 안 하고 있는 거겠지.

친구가 말하는 '안정'이 한 사람의 사랑으로 채워진다면 나도 기꺼이 결혼을 하겠다. 하지만 나는 나로서 충분히 안정적이다. 내가 나를 사랑하고, 내가 나를 있는 그대로 존중한다. 감히 나를 타인과 비교하는 위치에 두지 않으며, 늘 아낀다. 배가 고프면 맛있는 것을 마음껏 먹고, 살찔 걸 걱정하며 스스로 다그치지 않는다. 건강을 위해 수영을 하고, 가끔은 술에 취해 실컷 놀고, 속에 쌓인 게 있으면 글을 써서 푼다. 누가 옆에서 '예쁘다', '잘하고 있다'라는 말을 하지 않아도 충분하다. 하지만 대부분의 사람들이 스스로를 있는 그대로 존중하는 게 어렵기 때문에 그 역할을 해줄 상대를 찾아 나서는지도 모르겠다.

'안정'은 피동사로 쓰일 어휘가 아니다. '주어지는 것'이 아닌 '스스로 주는' 것이다. 실은 그래서 가장 갖기 힘든 것이 '안정'이다. 뭐든지 선택의 문제라 생각하는데, 불안한 삶도 선택이고, 안정의 상태도 선택이다. 나의 결정에 의해 달라지는 것이다. 결혼을 하지 않아 안정적인 삶을 사는 사람도 있고, 결혼을 해서 불안한 삶을 사는 사람도 있다. 모든 결혼이 안정을 전제로 한다면 이혼율이 이렇게 높을 이유가 없다. 소크라테스는 나이와 직업을 불문하고, 모든 아테네 시민에게 상식을 고수하는 이유나 인생의 의미에 대해 설명하기를 요구하는 버릇이 있었다고 한다. 나는 소크라테스는 아니지만 세상이 말하는 상식이 왜 상식으로 받아들여졌는지 궁금할 때가 많다. 안정을 위한 결혼이 어떤 뜻인지 답은 들었지만, 정답은 아닌 것 같아서 아마 오래도록 같은 주제를 가지고 질문할 것 같다.

코로나가 바꾼 몇 가지

정말 지긋지긋한 코로나지만 단 한 가지 좋은 점이 있다면, 결혼식에 가지 않아도 되는 것이다. 아니, 어쩜 이렇게 이기적일 수가 있냐고 묻겠지만 난 정말이지 결혼식이 싫다. 음식도 맛없고, 정신은 하나도 없는 데다가, 늘 똑같은 드레스에 똑같은 메이크업, 똑같은 턱시도…. 공장에서 찍어도 이것보다는 다양하겠다 싶다. 사람 얼굴만 다르지 늘 똑같이 재미없고, 시시하기 짝이 없다. 결혼식장에서 가장 이해가 잘 안 되는 부분은 마이크 성능인데, 도대체가 무슨 소리를 하는지 사회자의 말도, 주례도, 축가도 뭐 하나 제대로 들리지 않는다. 그나마 교회나 성당 예식은 마이크 성능이 좋아서 잘 들리는 편이지만, 예식장에서 하는 결혼식은 의아할 정도로 별로다.

내가 만약 결혼 예식을 한다면, 아주 조용하게 치르고 싶다. 나와 배우자의 삶에서 정말 소중한 사람들 소수를 불러 진심으로 감사를 표하고, 축하받고 싶다. 맛도 없는 음식을 요란하게 차려 허둥지둥 먹는 것보다는 아주 맛있는 음식으로 제대로 대접하고 싶다. 물론 결혼식을 통해 부모님이 그간 뿌린 축의금을 추수하는 데 의미도 있다지만, 우리 부모님은 다행히도 그런 데 집착하는 분들이 아닌지라 축의금을 받지 않아도 괜찮을 것 같다. 나는 결혼식에 대해 아주 순진한 생각을 하는 편이라 아직도 시집을 가지 않은 건지도 모른다.

코로나로 인해 예식 문화가 많이 바뀌었다. 소수의 사람들만 입장이 가능하고, 뷔페를 먹을 수 없어 식사권으로 대신하는 경우가 많아졌다. 어쩌면 코로나 덕분에 내가 이상적으로 생각하는 결혼 예식이 점점 당연해지는 것 같다.

어쨌든 코로나가 바꾼 많은 것 중 마음에 드는 건 결혼 예식이지만, 코로나 때문에 새로운 사람을 만나는 것도 제약이 있어서 이래저래 오도 가도 못하는 신세가 되어버렸다. 아이고, 인생… 쉽지 않다.

외로울 때는 어떻게 합니까?

———

외로움에 치를 떠는 순간이 종종 찾아온다. 누구나 그럴 것이라고 생각했는데 외로움을 덜 타는 사람도 있다고 한다. 인터넷 라디오인 팟캐스트를 가끔 듣는 편인데, 가장 즐겨 듣는 채널인 〈송은이, 김숙의 비밀보장〉에서 김숙에게 누군가 이렇게 물어보았다. "외로울 때는 어떻게 하시나요?" 김숙이 대답했다. "난 워낙 외로움을 잘 몰라." 그리고 덧붙이기를 〈그것이 알고 싶다〉도 봐야 하고, 〈이상한 이야기 Y〉도 봐야 하고, 혼자서 할 게 너무 많아서 외로울 틈이 없다고 한다. 평소에 워낙 팬이기도 하지만, 이 대답을 통해 내 삶을 돌이켜 봤다. 사실 나도 혼자서 할 게 굉장히 많은 편에 속한다. 드라마 몰아보는 것도 좋아하고, 혼자 책 읽는 것도 좋아하고, 글 쓰고 그림 그리는 직업 특성상 혼자 보내는 시간이 늘 필요하다. 게다가 혼자 생활하며 일하는 작업실까지 구하면서 이제 청소, 빨래, 음식도 혼자 해 먹는다.

근데 어쩐지 이 모든 걸 혼자 하면 외롭다고 느껴야 할 것만 같다. 아니 '외롭게 느끼는 게 정상이야'라는 메시지 때문에 외로움이라는 감정을 억지로 끌어다 썼다. 실제 오늘 같은 경우 느지막이 일어나 아침을 차려 먹으니 벌써 시간이 11시다. 얼른 정신을 차리고 성경 한 구절을 읽는다. 성경이 쓰였을 그 당시의 역사를 찾아보기도 하고, 또 내 삶에 적용도 하다 보면 점심시간이다. 아침을 워낙 늦게 먹었으니 별로 배가 고프지 않은데, 창밖의 하늘이 너무 화창해 밖에 나가지 않을 수 없다. 그러면 괜히 장바구니를 어깨에 메고 동네 시장에 마실을 나간다. 좀 싸게 나온 과일이 있나 기웃거리다 가끔 블루베리 3팩에 5,000원이라는 기적적인 득템을 하기도 하고, 심심하면 맥주도 좀 사다 채워둔다. 그러면 벌써 점심시간이 훌쩍 지난다. 두세 시 정도가 되면 조금씩 배가 고프기 시작, 순대를 사다 먹는다(짜지 않고 내 입에 딱 맞는 분식집을 찾았다). 그리고 뭘 먹었으면 커피 한 잔도 내려야 한다. 커피를 마시며 슬슬 일을 시작한다. 그림은 엄청난 집중과 몰입이 필요한 작업이라 몇 시간은 또 정신없이 흐른다. 그러면 해가 지고, 저녁밥을 하고, 청소를 하고 설거지를 하고…. 외로움을 느낄 틈도 없이 하루가 다 지나가 있다.

외로움이라는 감정은 누구나 느끼는 거라고 생각했는데, '만약 당연한 게 아니라면?'이라는 질문을 가지고 이 글을 쓰기 시작했다. 기네스 장수 기록을 세운 영국의 할머니가 한 유명한 말이 있다. "장수의 비결은 평생 연애하지 않고, 결혼도 하지 않은 덕분입니다." 그러니까 할머니의 장수 비결은 바로 '모태솔로'다. "그러니까 외로움을 느낄 필요도 없고, 연애도 하지 마세요!"라는 말이 하고 싶은 건 아니다. 근데 혼자서도 충분한 사람들이 존재한다는 사실을 말하고 싶다. 꼭 이성 관계만을 뜻하는 게 아니라, 가족이든 우정이든 마찬가지다. 가족 구성원 중에 마음을 의지할 사람이 없다고 해서 혹은 진정한 친구가 없다고 해서 인생이 불행한 건 아니다.

실제 중학교, 고등학교 동창은 만나지도 않는다. 그렇다고 내가 십대 시절을 제대로 못 살았다고 생각하지 않는다. 그냥 그 당시 만났던 사람들과는 잘 맞지 않았을 뿐, 단지 그뿐이다. 외로움이라는 감정을 다루는 방법은 아주 단순한 데 있지 않나 싶다. 외로움을 느끼도록 만드는 것이 내부에서 오는 감정이 아니라, 실은 가장 외부에서 기인한 메시지는 아니었는지 찬찬히 살펴보는 것. 김숙 언니처럼 당당하게 "나는 워낙 외로움을 잘 몰라."라고 말해도 아무렇지 않은 사람이 많아지길. 나도 그중 한 명이 될 수 있으면 더 좋겠다.

부족한 걸 찾으려 노력해도
끝내 찾을 수 없는 상태

'이런 말 하기 참 부끄러운데…'라는 문장으로 글을 시작하느니 차라리 말을 마는 게 나은데, 오늘은 어쩔 수 없이 '부끄럽지만' 내 자랑을 좀 해볼까 한다. 벌써부터 불편하기 시작했다면 이 글은 사뿐히 넘어가 주면 좋겠다. 그래, 대체 뭘 자랑하려고 이렇게 밑밥을 까는지 어디 한번 들어나 보자 싶어 이 장을 넘기지 않았다면, 벌써 여기까지 읽어준 당신께 감사한 마음을 담아 실컷 자랑을 해 보도록 하겠다.

인생은 내 편인 한 사람만 있으면 된다는 말이 있다. 남편 혹은 아내, 아직 결혼하지 않았다면 부모님이나 다른 가족, 아니면 애인일 수도 있다. 하지만 피도 물도 아닌 혹은 사랑도 아닌 '우정'을 통해 서로의 편이 되었다면, 그건 정말이지 동네방네 자랑할 만한 일이다. 그렇다. 오늘 나는 내 친구를, 우리의 우정을 자랑하려고 한다. 우리는 어설프기 그지없는 모습으로 대학생 오티에서 처음 만났다. 서로의 존재도 잘 모르고 있다가 둘 다 이름이 '김'으로 시작해 중간에 '시옷'이 들어가는 바람에 출석번호 3번과 4번으로 엮이게 되었다. 새내기 시절에는 가나다순으로 앉아서 수업을 들었기 때문에 우리는 늘 짝꿍이었다. 그렇게 자연스레 서로의 삶에 감 놔라 배 놔라 하는 사이가 되었고, 햇수로 14년의 관계를 이어오고 있다.

내 친구 김승현과의 우정에 대해 생각해 본 건 꽤나 오래전부터다. 이제는 내게 공기 같은 존재라 굳이 새로 관찰할 거리가 없다고 생각했는데, 돌이켜 보니 내게 이 정도로 정서적인 안정감을 준 관계가 없었다. 김승현과 내 사이에는 근심과 걱정이 없다. 이 친구를 만나는 순간 우리 사이에는 온통 천진난만함뿐이다. 승현 앞에서는 가장 편안한 얼굴과 몸짓이 된다. 나는 이게 당연하다고 생각하며 살아왔는데, 친구 사이의 미묘한 경쟁 관계 안에서 힘들어하는 수많은 사람들의 이야기를 듣고 있으면, 이런 관계가 거저 얻어진 게 아니라는 생각이 든다.

일단 김승현으로 말할 것 같으면, 뛰어난 미모로 대학 시절 내내 인기가 많았다. 승현과 함께하는 대학 생활 동안 여러 사건이 있었다. 길을 가다가 모르는 남자들이 와서 승현의 번호를 물어본 일은 다반사였고, 다른 과에서 승현을 보러 여러 명이 찾아오기도 했다. 그리고 그걸 질투한 몇 명의 선배가 대놓고 승현에게 무안을 주는 등, 학과에서 김승현은 꽤 유명해서 다소 피곤한 삶을 살았다. 반대로 나는 이런저런 재주로 유명했다. 단과 대학 신입생 오티에서 과별로 장기 자랑을 했는데, 선배가 각색한 뮤지컬에서 주인공이 되어 노래를 불렀다. 그래서 이후로도 몇 번 무대에서 노래를 했다. 아주 괴로운 시간으로 기억하고 있지만, 그래서 덕분에 자연스럽게 학과 대표가 되었고, 또 노래 동아리 같은 곳에서 연락을 받기도 했다(하지만 난 무대가 제일 싫은걸. 가수는 아무나 하는 게 아니다). 어쨌든 우리는 각자 다른 이유로 튀는 아이들이었고, 동시에 튀는 걸 싫어하는 아이들이기도 했다. 어쩌면 이런 공통점이 우리의 시작이었던 것 같기도 하다.

나는 성격이 모난 편이다. 싫은 건 죽어도 못 하고, 사람들의 호감을 사기 위해 입에 발린 소리도 못 한다. 이런 성격 때문에 주변에 사람이 있을 리 만무한데도, 무던한 성격의 승현은 내가 그러든지 말든지 크게 신경을 쓰지 않는다. 그냥 나를 있는 그대로 받아들이고, 바꾸려고 노력하지 않는다. 어쩌면 나의 모난 부분이 승현에게 크게 신경 쓰이지 않는 걸지도 모르고, 어쨌든 따로 물어본 적은 없다.

승현 때문에 기분이 나빴다거나 마음이 상한 일은 단 한 번도 없었다. 아 딱 한 번, 결혼할 때 서운했던 것 빼고. 친구의 입에서 결혼이라는 단어가 나올 때마다 우는 표정을 하고, 양팔을 꼬아 끼우며 어깨를 한번 쿵 부딪히고, 눈을 흘기기도 했다. 이런 나에게 "그냥 셋이 결혼하는 거라 생각해."라며 신혼여행에서도 전화를 한 친구가 바로, 김승현이다. 그리고 나는 그 결혼식에서 기꺼이 축사를 했다. 축사를 쓰는 와중에 어찌나 눈물이 나는지, 냉혈한으로 꽤 유명한 내가 이렇게 감수성이 풍부한 인간이었나 싶었다.

서로의 삶을 비교 우위에 두지 않고, 아니, 가끔 그런 생각이 들 때 오히려 그걸 이겨버리는 관계가 존재한다. 이런 울타리 안에 있으면 세상 무엇도 두려울 게 없고, 삶의 시작과 끝이 단단하게 꽉 채워진 기분이 든다. 알랭 드 보통이 말하길, 인간이 느끼는 불안은 '남과의 비교'에서부터 시작되고, 특히 비교의 대상은 가까운 사람들이라고 한다. 그 말인즉슨 가장 가까운 친구들에게 비교 의식을 느끼지 않으면, 불안이 존재하지 않는다는 말로 해석할 수 있다.

부족한 걸 찾으려 노력해도 끝내 찾을 수 없는 그런 상태는 깊은 우정으로 가능하다. 나는 김승현을 통해 프로젝트158을 시작하게 되었고, 그래서 이게 나만의 것이라고 생각하지 않는다. 프로젝트158에서 나오는 모든 것은 결국 내 것이 아니다. 나를 든든하게 받치고 있는 사람들, 부족한 글과 그림을 늘 즐거이 봐주는 당신, 당신의 것이다. 이렇게 오늘의 자랑은 김승현으로 시작해 당신으로 마무리하겠다. 내 삶의 구석구석 어딜 살펴봐도 감사할 것뿐이라 상투적이지만 오늘도 이 말을 할 수밖에 없다. 감사합니다. 진심으로 늘 감사합니다.

10주년

어느날 숭이 이런 제안을 했다

우리 우정 10주년을 맞아
신라호텔 뷔페에 가자

끄럭!

그래서 신라호텔 뷔페를 먹으러 갔다

인당 15만원 이니까
빵 빼야 해 오케이?

당연하지!

수북

30분 경과

이제 무슨 맛인지도
모르겠어

아~ 너무 배부르다

커피 드시겠습니까?

여기 라떼는
꼭 먹어야한댔어

배 터져
죽을 것 같은데?

사약 받는 기분~
음식으로 사람 고문하는게 이런거구나

발렛 하셨습니까?

아니요~ 저희 지하철 타고 왔어요

야, 호텔 앞에서 까스 활명수 팔면 잘 되겠지?

응~ 대박 아이템

10주년 기념일은 이렇게 마무리

진짜 웃기다 우리   ㅋㅋㅋㅋ

내 친구 승현의 결혼을 축하하며

———

승현아, 너의 이름을 불러본 게 정말 오랜만이다. 늘 별명인 '솔메' 혹은 '숭'이라고 부르다가 승현이라고 하니 어색한 기분이 들기도 해. 솔메는 소울메이트의 줄임말로 넌 나에게 늘 영혼의 단짝이었지. 그런 네가 결혼을 한다니 정말 기특하고 또 감사한 마음이야. 처음에 결혼한다는 말을 했을 때 나는 우는 표정을 짓기도 하고 서운한 표현을 많이 했는데, 그때마다 늘 한결같이 받아준 것도 정말 고맙다.

사람 사이에 고통을 나누는 것보다 기쁨을 나누는 게 더 어렵다는 말이 있더라. 하지만 나는 너와의 우정을 통해서 고통이든 슬픔이든 혹은 기쁨이든, 어떤 무엇을 나눠도 늘 변함없이, 내 곁에 있는 사람이 가족 외에도 존재한다는 것을 알게 되었어.

내가 늘 너에게 하는 말, 너는 내 '자랑'이라는 말은 조금의 빈말도 아니야. 세상에 단 한 사람만 있어도 살맛이 난다는데 내겐 그것이 너라는 존재라 늘 고맙고, 그래서 많은 사람들에게 자랑하고 싶어. 무엇보다도 오늘 많은 하객들 앞에 널 자랑할 수 있어서 신이 난다.

내가 다니던 회사를 그만두고 그림을 그리고 글을 쓰는 작가가 된다고 했을 때 "너는 할 수 있다고" 처음부터 지금까지 매니저처럼 보살펴준 그 시간이 지금의 나를 만들었어. 웅이 오빠를 처음 소개한 날, 다른 자리도 아니고 내가 태어나 처음으로 진행한 색연필 드로잉 클래스였지. 두 사람이 예쁘게 그림을 그리고, 나를 정말 선생님처럼 바라봐 준 그 마음을 여전히 잊지 못해. 나에게 얼마나 큰 힘이 되었는지 몰라.

그 클래스에서 웅이 오빠가 승현이와의 추억이 담긴 공간을 그리고 싶다며 준비해온 사진을 보여주고, 또 그림으로 하나하나 표현하는 걸 보면서 오빠를 믿고 내 친구를 보내줘도 되겠다는 생각을 했어. 지금도 오빠의 겸손함과 따스함을 보면 두 사람이 서로 의지하면서 얼마나 잘 살아갈지 기대가 돼.

코로나 때문에 결혼식이 미뤄지고 지금도 여전히 전염병의 위협 속에 살아가고 있지만, 결국 이 힘든 세상을 살아가는 힘은 지금 마주 잡은 손이 아닐까 해. 두 사람이 언제, 어디서든지 서로 믿고 의지하면서 지금처럼만 살아간다면 어떤 어려움이 와도 이겨낼 수 있을 거라 믿어.

김승현, 김수진, 기역과 시옷이 순서대로 들어간 이름 덕분에 대학 시절 내내 3번, 4번으로 만나, 옆자리에 너가 늘 있었던 것이 얼마나 큰 복인지 다시 한번 많은 사람들 앞에서 감사를 표하고 싶다. 내가 살아갈 힘이 너로부터 오는 것처럼, 나도 너에게 그런 사람으로 영원히 함께하고 싶다. 결혼을 진심으로 축하하고, 우리 누가 뭐래도 오래도록 유난스러운 친구로 함께하자. 사랑해.

칼칼한 게 최고야

인스타 감성의 멋진 카페와 식당을
탐방하는 우리

예쁜다

파리 감성의 카페에 도착한 두 사람

컵이 너무 작아   빅사이즈 커피
마시러 가고 싶다

(이런 나무가 놓여져 있음)

샹들리에가 멋진 레스토랑에
온 두 사람

다 먹었는데 배고파

정말이지 작은 그릇~

결국 백반집에서 마무리 하는 두 사람

아 칼칼한 게 최고다   청양고추듬뿍!

푸짐   든든

여자의 적은 정말 여자인 걸까?

———

안타깝게도 30년을 살면서, 성별을 이유로 이런저런 소리를 참 많이 듣고 자랐다. 특히 첫 직장과 마지막 직장은 여성이 다수인 조직이었는데, 팀장은 같은 '여성'이었음에도 불구하고, 힘 좋고 기동성 좋은 '남성'을 선호했다. 마지막 직장은 특히 조직원이 스무 명 가까이 되는 와중에 정규직은 소수였는데, 모두 여자였다. 팀장은 유능한 남자 직원을 뽑고자 했으나, 우리 조직이 핵심 조직에서 살짝 떨어져 있다는 이유로 남자 직원을 놓칠 수밖에 없는 환경이라 말했다. 그녀의 말에는 어폐가 있는 게, 그렇다면 계약직 직원도 모두 여자여야 한다. 하지만 계약직의 대부분은 남자였다. 그녀는 주요 회의에는 절대 계약직을 들이지 않았는데, 어느 날은 이렇게 말했다. "아 왜 이렇게 여자야. 왜 다 여자냐고."

여자의 적은 정말 여자인 걸까?

반대로 남성이 다수인 조직에서는 여러모로 인정받은 경험이 있다. 내가 만난 대부분의 남성 리더는 날 보호해주었고, 친절했으며, 내 능력을 인정했다. 덕분에 여러 프로젝트를 진행할 수 있었고, 상하이 헤드 오피스에서 진행하는 브로슈어 디자인도 맡아서 진행했다. 나는 남성 조직장에게 배웠고, 스스로 남성 리더와 잘 맞는다고 생각했었다.

그럼 다시 한번,

여자의 적은 정말 여자인 걸까?

왜 우리는 서로 미워하고, 질투하고, 서로를 무너뜨려야 살아남을 수 있다고 생각하는 것일까? 과거에 사내 커플과 친하게 지낸 적이 있었다. 하지만 여자 직원의 질투로 인해 남자 직원과 아예 관계가 끊어진 경험이 있다. 나와 관계를 끊는 것으로 그녀는 남자 친구의 사랑을 확인했고 나는 기꺼이 그렇게 하는 것이 예의라 생각했다. 나중에서야 아니 몇 년이 지나서야 그녀는 나에게 사과했고, 남자 직원과 헤어졌다. 하지만 그 누구도 관계를 회복할 수 없었다.

돌이켜 생각해 보면 나도 그렇다. 남자 친구가 다른 여자를 만나는 것이 불안하고 싫다. 실은 나도 사내연애 경험이 있는데, 당시 남자 친구가 다른 여직원과 대화하는 것 자체가 상당히 거슬리고 괴로웠다. 그래서 아예 관계를 끊어주길 바랐다. 동일한 상황에서 상처받아 본 경험이 있음에도 불구하고 관계를 무너뜨리는 것을 택했다.

이런 글을 쓰고 있는 게 너무 마음이 아프다. 여자의 적은 여자인 가를 묻고 있으면서 결국 내가 '적'의 역할을 도맡았으니 말이다. 나의 사랑은 너무도 불안했고, 그래서 확인하고 싶었다. 확인된 사랑 안에서만 안정을 누릴 수 있을 거라 믿었다. 연인의 다른 인간관계까지 보듬어 넓게 사랑하는 방법은 누구도 말한 적 없었고 그래서 들은 적 없었다.

사회에서도 사랑에서도 각종 모든 영역에서 여자는 여자의 적일 수밖에 없는 것일까?

여성이 무거운 짐을 잘 옮기고 운전을 잘하면 사회에서 인정을 받을 수 있을까?

연인 관계에서 이성 친구들을 끊어내면 온전한 둘만의 사랑이 완성되는 것일까?

나는 오늘, 이 모든 질문에 '아니오'로 답하는 것으로 삶의 방향을 고정하려고 한다.

어떤 영역에서도 여자는 여자의 적이 아니다.

여성은 여성의 고유한 가치로 인해 사회에서 인정받을 수 있다.

연인 관계의 이성 친구들까지도 보듬어 그의 모든 영역을 사랑할 때, 온전한 둘만의 사랑이 완성된다.

이상주의자 아니냐고? 맞다. 왜냐면 현실은 여전히 여자의 적은 여자라 말하고, 조직은 남성을 선호하니까. 특히 연인 관계에서의 질투는 맛있는 양념이 되니까. 그래서 이상주의자인 나는 조금씩 아주 조금씩 나로부터 시작되는 변화를 통해 사회 분위기를 바꿔 나갈 것이다. 이상주의자는 사회에 소금 같은 존재다. 그러니 나는 그 소금이 되겠다.

여자의 적은 여자가 아니다. 남자도 아니다. 우리의 적은, 우리의 사랑을 부수고 깨뜨리려 하는 모든 종류의 불안과 거짓 메시지이다. 우리는 그 메시지를 '함께' 무너뜨려야 하고, 싸움에서 이기기 위해 '사랑'해야 하는 것이다.

너만 그런 거 아니야

사회 이슈에 대해 오래도록 말을 아껴왔던 건, 기사를 통해 알게 된 사실은 늘 왜곡되었다는 인식 때문이었다. 대중의 일부인 나는 가공된 '진실'을 알 수밖에 없는 입장이라 생각해왔고, 여전히 그건 사실이다. 그리고 두 번째는, 의견이라는 건 혼자 가지고 있는 게 여러모로 평화롭다고 생각했다. 의견을 내기 시작하면 반대의 입장이 나오고 그에 대한 마찰은 불가피하다. 나는 대부분 평화로운 관계를 유지하는 편인데, 소리 높여 의견을 내는 것은 평화를 깨는 것이고, 그러느니 입 다물고 안전한 관계를 택하는 것이 훨씬 낫다고 생각했다. 지금도 그 생각이 크게 변한 건 아니다.

나는 페미니스트다. 근데 웃긴 건 이 문장을 쓰는 게 이리도 어렵다. 나중에 결혼하고 커밍아웃하듯 밝힐까도 생각했는데(실은 저 페미니스트예요…), '이제 시집은 다 갔구나'라는 생각을 하면서 글을 쓰고 있다. 실제 페미니스트 중에는 결혼한 분들도 많다. 어쩌면 나는 과정 중에 있는지도 모르겠다. 실은 잘 모르겠다. 나라고 왜 그런 욕구가 없겠나. 애인과 누리는 친밀감은 어떤 것과도 대체할 수 없고, 그 친밀감이 너무도 그리워서 전 남친을 소환하고 글도 쓰고 하는 것 아니겠나. 그리고 데이트앱을 했다 지웠다 하는 것도 같은 맥락이다. 외롭다. 가족도 친구도 신도 채워줄 수 없는 연인과 나누는 사랑이라는 감정. 그 감정이 가끔 그립다.

그래서 페미니스트라고 말하는 게 두려웠다. 그냥 영원히 이 그리움에 갇혀 오도 가도 못하는 신세가 될 것 같았다. 그리고 나와 비슷한 성향의 친구에게 이런 말을 들었다. "언니, 팔로워가 많고, 하고 싶은 일을 하면 뭐해요. 그게 중요한 게 아니잖아요." 그랬다. 애인이 없는 나는 중요한 것을 잃어버린 채 살아가고 있다. 여자에게 '사랑'은 전부라 하지 않았나. 사랑이 없으면 아무 의미가 없는 것이다.

근데 대체 왜? 삶을 구성하는 요소는 너무도 많은데, 사랑이 있어야 삶이 채워진다고 믿는 것일까? 전염병의 창궐로 스스로 격리하는 게 미덕인 사회를 살아가고 있는 지금, 혼자서도 잘 살 줄 아는 것도 아름다운 것이고, 그러다 갑자기 외로움에 휩싸여 사랑 타령을 하는 것도 아름다운 것이다. 그냥 이런 마음이 들 때도 있고, 저런 마음이 들 때도 있는 것이다. 동시에 기저에는 이 사회는 뭔가 잘못되었다는 인식, 그리고 여성으로서 사회를 살아가기가 너무도 벅차다는 인식, 그거면 된 거다.

애인 있는 친구가 부럽다. 결혼한 친구가 부럽다. 좋은 남자를 만나 결혼한 친구는 더 부럽다. 온갖 여유를 부리며 "결혼은 최대한 늦게 하세요."라는 유부는 더욱더 부럽다. 그렇다고 해서 질투하거나 시기하지 않는다. '나는 페미니스트에 싱글이니까 그런 사람들과는 어울릴 수 없어!'라고 생각하지 않는다. 그냥 각자의 삶이다. 그리고 가끔은 부러운 마음이 드는 것도 그냥 인정하면서, 그렇지만 나는 여성 문제에 대해 그들보다 훨씬 예민한 사람인 것도 인정하면서, 그리고 동시에 사랑 타령을 놓지 못한다는 것 또한 인정하면서 나의 모든 것을 이렇게 인정한다. 남의 인정까지 바라는 것은 사치이자 욕심이니까 나라도 나를 인정해주고 토닥여준다. 나는 이런 페미니스트다.

내가 데이트앱을 하고 남자를 만나는 것이 누군가에게는 매우 불편한 일로 느껴질 수도 있겠다. 하지만 외로우면 페미니스트도 데이트를 하고, 데이트를 하면서도 여성 문제에는 불같이 화를 낼 수도 있다. 여성 문제에 화를 낼 수 있는 사람은 다른 이슈에도 공감할 수 있다. 젠더 감수성이라는 단어는 그런 공감을 담은 것이다.

남자에 대한 혐오는 큰데, 사랑은 하고 싶은 많은 여성 동지들에게 이런 말을 해주고 싶었다. 저도 그래요. 근데 죄책감을 느낄 필요도 없고, 좌절할 필요도 없다. 우리는 강하지 않다. 그래서 서로를 북돋아 연합해야 한다. 나는 늘 당신 곁에 있고, 앞으로도 그림을 그리고 글을 쓰며 오래도록 함께할 거예요.

진짜 하고 싶은 말

———

사랑하는 여자 친구들에게 해주고 싶은 말이다. "제발 남자에 목숨 걸지 마."

우리는 결혼이 선택이라는 걸 잘 알고 있다. 이미 결혼한 친구들 중에 이혼한 친구들도 있는데, 어려운 결정을 내린 그들에게 진심으로 잘했다고 말하고 싶다. 아니면 아닌 거다. 중간은 없다. 중간이 있다고 생각하는 게 판타지라는 것 또한 이 정도 살았으면 알 때도 됐다. 우리는 그 정도로 멍청하지 않다.

서른셋의 크리스천 여성인 나에게 누군가 기도 제목을 물어보면 '결혼'은 그 안에 없다. 당연히 결혼이 있어야 하는데 그게 부재하니, 목사님이 되레 물어보신다. "그래도 좋은 사람을 만나면 여지가 있는 거지?" 여지는 있지만 그렇다고 결혼에 대한 대단한 소망은 없다. 어려서부터 그랬냐고 묻는다면 비혼주의까지는 아니었지만 살면서 대부분은 그런 마음이었다고 말할 수 있다. 아직도 생생한 이미지로 남아 있는 것이, 스무 살 초반에 결혼식에 초대받아 갔을 때였다. 신부가 입고 있는 엄청난 비주얼의 드레스에 스스로 가눌 수 없는 어마어마한 크기의 베일을 보고 숨이 막혔다. 누군가가 옆에서 끊임없이 만져줘야만 겨우 스스로 설 수 있는 자리라니…. 앞으로 저런 삶이라면 결혼은 절대 하고 싶지 않다는 생각을 했다. 내 눈에 결혼식장을 가득 채운 흰색의 베일은 조금도 예쁘지 않았다. '구속'이었다. 그것은 영원한 '구속'을 뜻하는 상징이었다.

　보통 결혼에 대해 좋은 이미지가 없는 사람들을 분석하면 가족 간 불화를 겪었거나, 부모 중 한쪽이 엄청난 희생을 한 경우라고 한다. 하지만 슬프게도 나는 두 경우 모두 해당되지 않는다. 차라리 해당되었으면 좋겠다고 생각할 정도로 그렇지 않다. 꽤 화목한 가정에서 자랐고, 특히 아빠는 태어나서 딱 한 번? 야단을 치셨을 정도로 유난스러운 딸 바보다. 엄마를 떠올려보면, 조금 까다롭지만 그래도 늘 함께하고 싶은 단짝 같은 존재. 두 분 모두 훌륭한 결혼 생활을 하셨다. 이런 환경에서 자랐는데 이상하리만큼 결혼을 싫어하는 이유는 뭘까? 우리 엄마의 말에 따르면, 나는 남보다 조금 이기적인 성향이라고 한다. 조금도 손해 보고 싶지 않은 성격이라 결혼 자체에 불편을 느끼는 것 같다고 한다.

뭐든 분석을 시작하면 너무 여러 가지 이유가 있어서 하나의 이유를 들기 어렵다. 자라 온 가정 환경도 중요하지만 듣고 자란 메시지도 중요하고, 정치적 성향과 사회적 가치관도 영향을 준다. 그래서 한 마디로 정리할 수 없는 게 정리라면 정리랄까.

우리 아빠와 남동생을 비롯해 훌륭한 남자는 많다. 특히 우리 아빠는 지금도 '아내를 위해 일한다'라는 모토로 열심히 산다. 전업주부로 살아온 엄마는 본인 삶에 대한 만족도가 꽤 높은 편이다. 여성을 위한 희생을 아끼지 않는 남성 서사를 따라 지금도 우리 집 남자들은 열심히 일한다.

내가 여기서 말하고 싶은 부분은 '일'이라는 가치가 더 이상 먹고 사는 문제가 아닌, 현대 사회에서는 '일'이 자아실현의 도구이자 실체라는 점이다. 이 문제로 많은 사람들이 퇴사를 하기도 한다(직장에서 '부속품'으로 여겨지는 것에 대한 강한 저항심의 발현이 아닐까). 어쨌든 자아실현이 중요한 나에게 '결혼'은 조금의 매력도 느껴지지 않는다.

요즘 읽고 있는 고린도전서에서 사도 바울이 말했다. "나는 모든 사람이 나와 같기를 원하노라. 그러나 각각 하나님께 받은 자기의 은사가 있으니 이 사람은 이러하고 저 사람은 저러하니라. 내가 결혼하지 아니한 자들과 과부들에게 이르노니 나와 같이 그냥 지내는 것이 좋으니라. 만일 절제할 수 없거든 결혼하라 정욕이 불같이 타는 것보다 결혼하는 것이 나으니라(고린도전서 7장 7-9절)."

고린도전서가 쓰일 당시 여성에게는 인권이랄 게 없었다. 결혼하지 않으면 먹고살기도 어려운 사람들에게 결혼을 하지 않고 그냥 지내는 것이 좋다니, 이렇게까지 말할 정도면 결혼이라는 게 크리스천에게도 그다지 중요하지 않은 가치일 수도 있겠다. 그리고 이 당시 사회를 잘 들여다보면, 극심한 가뭄으로 멸망에 대한 예언도 많았다. 전 세계가 감염병으로 오도 가도 못하는 지금, 그때보다 더하면 더했지 결코 더 나은 환경은 아니다.

우리 교회는 대부분 결혼을 장려하고, 어릴 때부터 배우자를 위해 기도하고, 아름다운 가정을 이루기 위해 힘쓰라고 한다. 당연히 중요한 것이다. 하지만 신약에 나오는 대부분의 성경 인물은 싱글이다!(앗, 예수님마저 홀로 아름다운 싱글) 혼자 건강하고 아름답게 살 수 있으면 혼자 살면 되고, 새로 이룰 가정에 가치를 두는 사람이라면 결혼해 아름답게 살면 된다. 각자 삶의 목적은 다르고, 각자의 모습 그대로 아름답다.

하지만 정말이지 아름답지 않은 건, '남자'를 위해 결혼하고, '남자'를 위해 '남자'의 성을 따르는 아이를 낳고, '남자'의 말에 무조건 복종하는데도 그다지 '남자'의 가족에게 인정도 받지 못하는 며느리로 사는 모습이다. 그래서 여자 친구들아, 결혼을 결정하기 전에 제발, 한 번만 더 생각하자. 내가 인생에서 이룬 게 하나도 없다고 '결혼이라도 해야지'라는 생각으로 '결혼'을 택하지 말자. 정말 아무것도 이루지 못하고 끝내 남자를 위해 평생 희생하다 자기 자신의 이름 한 글자로도 살아보지 못하고 관에 들어간다면, 너무 억울하지 않겠나. 여성의 인권을 위해 죽음을 각오하고 살아온 과거의 여성을 위해서라도 제발, 그러지 말자. 아들을 대학 보내기 위해 딸은 공장으로 보내졌던 1970년이 아니다. 우리는 대학 나온 2020년대의 여성들이다. 이것이 내가 진짜 하고 싶은 말이다.

마음껏 찌질할 수 있다는 건
매우 아름다운 일이야

아무 의욕이 없을 때는 눈에 보이는
사각형 하나 들고 읽기 시작한다
전에 그려놓은 커피 한잔 곁들이면
더할 나위 없겠지

가끔 세수는 건너뛰어도 돼

일어났으면 세수를 하고 정신을 차려야 한다. 맑은 정신 상태로 하루를 의욕 있게 살아야 한다. 우리 엄마는 늘 '세수'를 강조하는데, 사람이 일어났으면 세수는 반드시 해야 한다는 지론이다. 흐르는 물에 얼굴을 헹구고, 비누로 문지르고 닦으면 몽롱했던 정신이 되살아난다. 독립해 살면서도 세수에 대한 철학을 마음에 새기고 아무리 귀찮아도 일어나면 바로 얼굴을 닦는다. 머리는 가끔 감지 않아도 얼굴만은 씻기 위해 노력한다.

근데 오늘은 하루 종일 얼굴에 물을 대지 않았다. 약간 몽롱한 정신 상태로 놔두고 살아보는 중이다. 책상 옆에 침대가 있는데, 자꾸 몸이 침대를 향한다. 그럼 자연스럽게 또 누워서 가만히 있다가 책상으로 돌아와 글을 쓴다. 하루 종일 이걸 반복하면서 정신이 바짝든 상태가 아니어도 나쁘지 않다고 생각해 본다. 늘 의욕 있고 활기 차게 살 수는 없다.

문제는 마감이 코앞인데 죽어도 작업이 안 될 때다. 종일 괴로움에 몸부림치며 하루를 통째로 그냥 날리는데, 그게 쌓이면 하루가 일주일이 되고, 일주일이 한 달이 될 때도 있다. 매일 일정 분량 부지런하게 글을 쓰고, 그림을 그리는 작가도 많은데 왜 나는 규칙적으로 하지 못할까… 자괴감에 시달린다. 어쩌면 정말 세수를 하지 않아서 그런 걸지도 모른다. 하지만 아무리 뽀득뽀득 얼굴을 닦아도 정말 아무것도 할 수 없을 때가 있다. 이럴 때 할 수 있는 건 "아무것도 하지 않는 것"이다. 이런 상태에서 그림을 그리면, 나도 아프고 그림도 아프다.

아무것도 하지 않는 게 얼마나 힘든 일인지 아무도 모른다. 음악도 듣지 않고, 스마트폰도 보지 않는다. 무기력이 잠식할 때면 아무것도 하지 않는 훈련을 한다. 모든 생각과 감각을 멈추고 그냥 빈 상태로 머물러 있다. 그러다 까무룩 잠이 들면 그대로 자고 일어난다. 그게 몇 시가 되었든 상관없이 책상에 앉는다. 책상에 앉았는데도 아무 생각이 들지 않으면 보리차 한 잔을 마시고 다시 침대에 눕는다. 무기력은 어쩔 수 없는 것이다. 이겨낼 수 없을 때는 이렇게 받아들인다.

창작을 하면서 무기력함을 자주 경험하는데, 예전엔 이걸 이겨내려고 별짓을 다 했다. 새로운 환경이 필요한가 싶어 여행도 다녀오고, 술을 마시기도 하고, 어떤 자극이 필요하다고 생각했다. 하지만 이 자극이 쌓일수록 무기력함은 더 빠르게 찾아왔다. 몸이 피곤한 건지 정신이 피로한 건지 그 경계가 모호하게 말이다. 그래서 결론은 의욕이 없는 상태도 그냥 괜찮은 것으로 받아들이기로 했다. 자꾸 문제로 받아들이면 고치려고 애를 쓰게 되는데, 이런 날도 있고 저런 날도 있다 생각하면 그럭저럭 괜찮다.

오늘은 아니야

———

〈왕좌의 게임〉을 다시 보고 있다. 인생 드라마라고 할 수 있을 정도로 아끼는 작품인데, 제작진이 시즌 피날레를 엉망으로 만드는 바람에 전 세계 팬들의 원성을 사기도 했다. 다시 보는 게 처음은 아니다. 새로운 시즌을 기다리면서 그전 시즌을 보고, 또 봤었다. 하지만 이렇게 작품이 완성되고 전체를 다 보는 건 처음이다. 제작진에 대한 화가 좀 풀려서 이제야 다시 볼 수 있는 것 같다.

끝도 없는 전쟁 이야기가 주를 이루는 드라마다. 한 전쟁이 끝나면, 다른 전쟁이 시작된다. 잠시 숨 돌릴 틈도 없이 끝없는 긴장 상태로 사람을 몰아간다. 그래서 인물도 많고, 배경도 다양하고, 이야기도 많다. 미웠던 캐릭터의 다른 면을 보고 좋아지기도 하고, 응원했던 캐릭터의 성장을 보며 누구보다 기뻐하기도 한다. 한 인물에서 다양한 모습을 보여줘 공감대도 높다. 선과 악의 극단에 있는 사람도 있지만, 우리 대부분이 애매한 중간쯤에 걸쳐 있는 것처럼 〈왕좌의 게임〉에 나오는 대부분의 캐릭터도 그렇다. 일부러 극단의 악을 표현한 몇 명의 캐릭터(마운틴, 일린 페인, 램지 볼튼) 같은 악인을 제외하고 말이다.

〈왕좌의 게임〉을 보고 있으면 내 근심은 공기 중에 스르르 없어지는 기분이 든다. 스타크 아이들은 늘 죽음을 눈앞에 두고 살기 위해 처절한데, 나는 목숨 걸고 지켜야 할 가문도, 그럴 상황도 없다. 나는 드라마를 보면서 이런 혼잣말을 자주 한다. "죽음의 신, 오늘은 아니야." 이미 결론을 다 알고 있지만 그래도 오늘만은 우리 스타크 아이들을 지켜달라고 두 손 모아 죽음의 신에게 빌며, 드라마를 시청한다.

전쟁 통에도 사랑은 핀다. 지금은 스타크 가문과 라니스터 가문이 전쟁을 치르고 있는데, 아주 각지에서 사랑을 꽃피운다. 나도 모르게 "전쟁 중에도 저러고 사랑을 하네."라고 했다가 "아니지, 전쟁 중이니까 저렇게 죽을 것 같이 사랑하는 거구나!"를 깨달았다. 아, 내가 사랑하지 못하는 이유는 지금 내 삶이 너무 평화롭기 때문이었다. 치열할 때 사랑할 수 있다. 나는 치열한 시기를 보내고 지금은 정서적으로 많이 안정된 상태다. 만나는 사람들도 대부분 나를 있는 그대로 받아주는 사람들만 있어서 왈가닥 그 자체로, 있는 모습 그대로, 세상에서 제일가는 푼수 덩어리로 산다. 크게 웃고, 하고 싶은 말 다 하고 그러고 산다.

때를 알고, 실행하는 건 얼마나 중요한가. 〈왕좌의 게임〉을 다시 보면서 중요한 때에 잘못 내린 결정 몇 가지가 스타크 가문을 위기에 몰아넣는 걸 지켜보고 있다. 지금 시즌 2 8화를 보면서 시즌 3 '피의 결혼식'이 너무도 당연한 결과라는 생각이 들었다. 사실 시즌 3를 실시간으로 시청하던 당시에는 전쟁의 결과가 너무 믿어지지 않아서 어떻게 이럴 수 있냐며 열불을 냈다. 그런데 이렇게 결론을 알고 보니 지극히 당연한 과정이고 결과였다. 인간은 노력해도 운명을 바꿀 수 없다. 운명론자는 아니지만, 어느 정도 결과는 정해져 있다. 적어도 〈왕좌의 게임〉을 보면 그렇다.

드라마와 현실은 많이 다를까? 용이 날아다니지도 않고, 장벽 너머에 북극 좀비가 있는 것도 아니다. 하지만 인간의 본질은 드라마나 현실이나 똑같다. 나는 현실에서 자주 실수하고, 때를 놓친다. 아니, 때를 잘 몰라서 눈치 없이 행동한다. 나 같은 캐릭터는 보통 극 중 초반에 죽는 편인데, 어쩜 이렇게나 눈치가 없는지. 절대 드라마 주인공은 못 할 성격이다. 스스로도 매우 안타깝다. 하지만 또 드라마 초반에 누군가가 죽어야 그다음 이야기가 흥미로운 것처럼, 눈치 꽝 불쏘시개로 살아도 나쁘지 않은 것 같다. 어떤 인생이 감히 보잘것없다고 말할 수 있을까. 〈왕좌의 게임〉에는 구석구석 많은 사람이 나오고, 참 많은 사람이 죽는다. 모든 죽음이 그 나름의 의미가 있다.

스타크 가문의 넷째 아리아에게 처음으로 검술을 가르친 선생, 시리오 포렐은 이 세상에 신은 '죽음의 신' 하나뿐이며, 그 신이 너를 찾아올 때 이 한 마디만 하면 된다고 가르친다. "죽음의 신, 오늘은 아니야." 오늘만 아니면 괜찮은 거다. 얼굴 없는 자 중 하나인 자켄 하가르도 죽음의 신을 섬기는 사람인데, 아리아에게 은혜를 갚고자 세 명의 이름을 대면 죽여준다고 약속한다. 하지만 그 시간까지 정할 수는 없다. 그러니까 죽음은 언제, 어디서, 누구에게나 가능하지만, 죽음의 신도 '시간'만은 건드릴 수 없다는 것이다. 그래서 죽음의 신이 찾아오면 오늘은 아니야 하며, 시간을 벌 수 있는 거겠지.

'발라르 모르굴리스(Valar Morghulis)', 우리말로 번역하면 '누구나 죽는다'라는 뜻이다. 〈왕좌의 게임〉에 나오는 자유의 도시 중 하나인 브라보스의 인사말이다.

그래서 오늘도 발라르 모르굴리스. 모쪼록 좋은 하루 되시길.

슬럼프 극복기

잠이 안 와서 드르륵드르륵 쓴 글

———

잠이 안 온다. 1년에 한두 번 있을까 말까 한 일이 하필이면 오늘이다. 이럴 때는 출퇴근하는 직장인이 아니라 다행이다. 잠을 못 자면 아침 출근길은 그야말로 지옥 길이다. 가끔은 내가 직장 생활을 한번도 하지 않았으면 삶이 어떻게 되었을지 상상해 본다. 공감 능력이 많이 결여되었을 것이다. 생각해 보면 길지도 짧지도 않은 직장 생활이었다. 학교에 지각하면 대놓고 혼이 나지만, 회사에 지각하면 하루 종일 알 수 없는 눈칫밥을 먹는다. 훨씬 곤욕스럽다. 차라리 체육 선생님의 호루라기 소리와 함께 운동장을 한 바퀴 도는 것이 더 낫다.

소셜 미디어에 돌아다니는 짤방을 몇 시간씩 훑어보다가 결국 조명을 켜고 글을 쓴다. 새벽에는 나도 모르는 감성이 스멀스멀 올라온다는데, 오늘은 딱히 그렇지도 않다. 그래서 문장이 짧고 간략하게 딱딱 끊어지는 것이다. 드르륵드르륵 글을 쓴다. 술술, 미끌미끌, 후다닥 쓰는 것이 아니라, 드르륵드르륵.

평소에 쓰지 않는 형용사를 갖다 쓰는 것이 어쩌면 새벽 감성일지도 모르겠다. 한 문단 안에도 얼마나 많은 모순이 들어 있는지 오늘도 역시나 '어쩌라고'다.

하품이 쩍하고 나온다. 분명 졸리다는 신호다. 졸린 데도 잠을 못 자는 것은 꽤 괴로운 일이다. 왜 그런지를 생각해 본다. 평소에 맥주 한 캔 마시며 드라마 한 편을 보고 잤는데 오늘은 맥주 한 캔을 따지 않아서 그런 걸까? 아까 저녁에 편의점에 들러 구입한, 이름도 기억나지 않는 차 한 병을 꿀꺽꿀꺽 다 마셔버렸기 때문일까. 아니면 완전히 잊어버렸던 존재로부터 갑자기 메시지를 받아서 그런 걸까. 아무리 생각해도 나는 알 수가 없다.

변덕왕

기분이 매우 좋다 ~

좋아하는 커피도 마시궁

룰루랄라~

아니, 아무것도 한 게 없는데
왜 벌써 다섯 시야!

갑자기 기분이 급격히 나빠짐

한국인은 '기분(Kibun)'이라는 단어를 쓴다.
마음의 상태를 뜻하는 말이라는데, 너는 오늘 기분이 어때?
기분은 느낌(feeling)도 감정(emotion)도 아닌 기분(kibun) 그 자체다.
미국 드라마, 오렌지 이즈 더 뉴 블랙 에서 이런 대사를 듣고 kibun을
검색해보았다. 마음의 상태, 영어로는 대체어가 없는 단어 '기분'.

오늘 당신의 기분은 어때요?
모쪼록 당신의 기분이 좋은 곳으로 향해 있기를

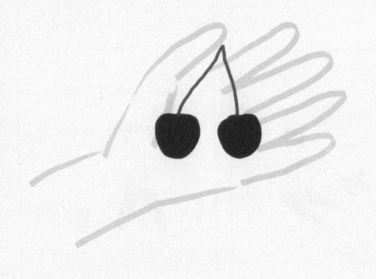

좋아하는데 좋다고 왜 말을 못 해

———

좋아하는 일을 직업으로 하는 사람처럼 행복한 사람이 있을까? 소프트웨어 엔지니어인 아빠는 말 그대로 좋아하는 일을 직업으로 하는 사람이다. CCTV쪽 소프트웨어 개발을 하고 있는데, 주중에는 출근해서 일하고, 퇴근해서도 검정 스크린을 보며 잠들기 전까지 열심히 키보드를 두드린다. 토요일에는 파이선을 배운다며 하루 종일 교육까지 받는데, 누가 시키지도 않은 일을 이렇게 열심히 하는 게 신기하다. 아빠는 프로그래밍처럼 재밌는 게 없다고 한다. 머릿속에는 늘 알고리즘이 가득하고, 밥 먹고 자는 시간을 제외한 나머지는 늘 프로그래밍을 생각한다.

좋아하는 일을 좋아한다고 말하는 게 쉽지 않은 일이다. 좋아하는 분야의 1인자가 되어야만 비로소 좋아한다고 말할 수 있는 분위기다. 아빠는 솔직히 말해서 1인자까지는 아닌 것 같은데, 천진함이 느껴질 정도로 소프트웨어 개발을 좋아하고, 즐긴다. 과거 나는 그림 그리는 걸 좋아하지만 어디 가서 말하지는 않았다. 그렇게 잘 그리는 편도 아니고, 굳이 말해서 뭐하나 싶었다. 하지만 아빠는 나와 생각이 다르다. 좋아하는 걸 좋아한다고 말하는 게 뭐가 문제냐는 것이다. 잘하지 못해도 좋아하면 그만이라는 것이다. 갑자기 고개가 끄덕여졌다.

생각해 보면 그렇다. 세상은 좋아하는 것을 찾으라고 난린데, 막상 우리는 좋아하는 걸 좋아한다고 말을 못 한다. 좋아하면 잘해야 할 것 같은 부담이 생겨서 그렇다. 그림 그리는 걸 좋아하긴 하는데 막상 제대로 못 할까 봐, 혹은 남들보다 실력이 없으니까… 막연히 두려운 거다. 다른 사람의 판단이 겁나서 좋아하는 걸 좋아한다고 제대로 말도 못 한다. 어쩌다 이렇게 되었나 스스로 불쌍하게 느껴진다.

우여곡절 끝에 일러스트레이터가 된 지금은 좋아하는 그림을 직업으로 하면서 여전히 그림을 좋아한다고 말할 수 있다. 하지만 한 가지 아쉬운 점은 진작 그림 그리는 게 좋다고 언제든 말할 수도 있었는데, 그러질 못했다는 것이다. 그림을 좋아하지 않은 적은 한 번도 없었는데 말이다. 막상 내가 그림을 업으로 하기 시작했을 때 주변의 많은 사람들이 놀랐다. 그 정도로 지인들은 내가 뭘 좋아하는지, 내가 무슨 생각을 하는지 몰랐다. 실제로 어쩐지 그림은 어려운 분야처럼 느껴졌고, 대단한 철학 혹은 이론이 뒷받침되어야 진정한 일러스트레이터 혹은 작가가 될 수 있다고 생각했다.

하지만 이제 와서 돌이켜 보면 정말 중요한 건 그냥 천진난만하게 좋아하는 걸 좋아한다고 말할 수 있는 정신이 아닐까 싶다. 그래서 이 자리를 빌려 말한다. 나는 책을 좋아하고, 해리 포터, 왕좌의 게임 같은 판타지 시리즈를 좋아한다. 사진 찍는 것도 좋아하고, 노래 부르는 것도 좋아한다. 심심할 때는 우쿨렐레를 튕기며 노래도 부른다. 나는 좋아하는 게 참 많다. 잘하든 못하든 상관없다. 좋아하면 그만이다.

피, 땀, 눈물은 흘리지 않을 것

생각해보면 커리어우먼의 길은
죽어라 노력해도 열리지 않았는데

답답해

너무 자연스럽게 일러스트레이터가
되어있어!!!

외주 클래스 출간제의

어쩌면 '천직'이라는 게
있나보다

인정받으려고 죽을 것처럼
일할 때는 아무런 성과가 없었는데

인정 받으려는 노력도
뭐가 되려는 생각도
없었더니 뭔가가 되어 있다

작가님~

아이고
감사합니다

그렇다고 해서 창작이 쉬운 건
아니지만

열심   열심

정말 싫어하는 일을 열심히 해서
인정 받는 것과

KPI, CPI
CSAT...

으~
싫어

그나마 좋아하는 일을 열심히 해서
인정 받는 건 천지차이 겠지

♡ 아이좋아 ♡

인생이라는 게 아직도 많이 남아서
앞으로 어떻게 될지 모르겠지만

덜 힘든 길이 나에게 더 잘 맞는다는 걸
알게 된 이유로는

피, 땀, 눈물 흘리며 나를 괴롭히는
일은 그만둔 것 같다

그림좋아

나에게 관대해지는 법을
배운 것 같다

오늘도 숲으로

———

작업실은 관악구에 있다. 관악구하면 유명한 게 바로 '관악산'. 등산은 아직이지만, 관악산을 중심으로 낮은 산이 주변에 많다는 걸 알게 되었다. 작업실에서 조금만 걸어가면 '청룡산 순환길'이 있는데, 숲길로 조성되어 있어서 주민들에게도 인기가 많은 장소다. 나도 최근에 알게 되어서 매일 산책할 겸 잘 다니고 있다.

숨을 헐떡거리며 조금만 올라가면 쭉 산책로로 되어 있어서 편안하게 걸을 수 있다. 그래서 산이라기보다는 순환길이라고 부르는 것 같다. 이렇게 곁에 숲이 있는 덕분에 작업실에서의 생활도 많이 달라졌다. 거의 밖에 나가지 않는 편이었는데, 이곳을 알게 된 이후로는 매일 숲으로 간다. 늘 귀에 꽂고 다니는 이어폰도 두고 나간다. 오늘은 어떤 소리를 들을 수 있을지 기대하는 마음으로 나갈 채비

를 한다. 바람에 부딪치며 나는 나무의 소리는 들을 때마다 달라서
듣는 재미가 있다.

아파트 단지를 쭉 걸어 산 입구에 도착하면 마치 환상의 세계가
펼쳐지듯 다른 세상이다. 공기의 결이 달라진다. 이 감각이 좋아서
숲을 찾게 된다. 콘크리트 건물 안에서 살아가는 도시의 사람들은
늘 자연이 그립다. 그래서 전에는 멀리 차를 타고 나갔었는데 여기
관악구에 이렇게 대단한 숲이 있다니, 나는 이 도시를 사랑하고 또
사랑할 수밖에 없다.

한 시간 정도의 미니 등산을 마치고 흙길이 아닌 아스팔트를 밟을
때의 감각도 좋다. 숲에서 다시 삶으로 돌아왔을 때의 기분, 나는 그
기분이 나쁘지 않다. 엘리베이터를 타고 작업실의 현관문을 열 때,
그 느낌도 좋다. 자연과 삶의 경계가 말랑말랑하다.

내일은 맛있는 프렌치토스트를 먹을 거예요

사는 얘기를 나누다 보면 나의 창작 생활이 수많은 주제 중 하나가 되곤 하는데, 그림이든 글이든 규칙적으로 하는 게 대단하다는 말을 자주 듣는다. 하지만 그림과 글은 내게 '노동'이라 당연히 규칙적으로 해야 할 '일'이다. 클래스에 가면 수강생들이 "어쩜 이렇게 에너지가 좋으세요."라고 칭찬의 말을 해주시는데, 강사 또한 나의 '직업'이기 때문에 수강생에게 좋은 경험을 주는 게 나의 역할이다. 다행인 건 그림과 글 모두 내가 좋아하는 것이고, 강의도 꽤 재밌다. 좋아하는 것을 규칙적인 노동의 형태로 할 수 있다는 건 참 행복한 일이다. 그림보다 글의 비중을 좀 더 높이고 싶다는 목표를 갖고 있기는 하지만, 사실 뭐든 크게 상관없다. 그냥 지금처럼 꾸준히 살 수 있으면 그만이다.

그림이든 글이든 보고, 읽지 않으면 아무것도 나오지 않아서 자주 새로운 것을 '보러 다니고', 늘 책을 읽는다. 특히 읽는 건 결코 소홀히 하지 않는데, 요즘은 양질의 읽을거리가 많은 데다 저렴한 가격에 많은 양을 읽을 수 있어 더할 나위 없이 좋다. 특히 리디 셀렉트는 정말이지 최고의 서비스라고 생각한다. 전자책은 종이책보다 속도가 나는 편이라 속독까지 가능하니 활자 중독인 나 같은 사람에게는 최고의 매체가 아닐까 싶다.

읽지 않는 삶보다 읽는 삶이 좋고, 글을 쓰지 않는 삶보다 쓰는 삶이 좋다. 쓰지 않으면 견딜 수 없는 기분이 드는데, 답답하고 어디가 콱 막혀 있는 듯한 느낌이 들어 차라리 써야 후련하다. 엄마는 어릴 적부터 그렇게 책을 좋아하더니 결국은 책 쓰는 삶을 사느냐고 하는데, 그렇다. 결국 인간은 좋아하는 걸 하게 되어 있다. 방금도 책 한 권을 뚝딱 하고 받은 감동으로 글을 쓴다. '책' 하면 떠오르는 사람 중 한 명인 주 선배가 추천해준 『나는 장례식장 직원입니다』(다스슈 지음)라는 책을 읽었다. 대만에서 번역된 책으로, 중간중간 이해가 안 되는 부분이 있지만(대만의 장례 문화를 이해하지 못했기 때문에 처음에 '경쟁이'가 무슨 뜻인지 몰랐다), 잘 쓰인 책이라고 생각한다. 이렇게 평범한 사람들의 이야기가 더 많이 세상에 나오고, 많은 언어로 번역되어 읽혔으면 하는 바람이다. 장의사로 일하는 작가가 겪은 여러 에피소드를 읽으며 낄낄 웃기도 하고, 아주 슬퍼지기도 했다. 하지만 결론은 지금 이 순간, 살아 있음에 감사하는 것. 이 책은 수많은 '죽음'을 통해 우리가 늘 까먹고 사는 바로 그것, '살아 있는 지금의 가치'를 알려준다.

내가 믿는 종교는 범사에 감사하라고 한다. 즉, 생명이 붙어 살아 있는 것 자체가 감사할 일이라는 것이다. 삶과 죽음을 관할하는 신의 존재를 믿는다는 건, 일어나는 수많은 사건에 대한 해석과 삶의 태도에 지대한 영향을 미친다. 여태껏 내 삶과 죽음의 버튼을 가지고 있는 건 내가 아니라, 신의 영역이라 믿으며 살고 있다. 그래서 아침에 먹으려고 계란물에 적셔놓은 프렌치토스트도 내일의 삶이 '주어져야' 가능한 것이다. 프렌치토스트를 먹을 수 있을지 없을지는 아무도 모른다. 당연히 먹을 수 있을 거라 생각하지만, 동시에 당연히 그렇지 않다. 만약 계획한 대로 토스트와 커피를 먹을 수 있다면 나는 내일 아침 일어나 진심으로 감사할 것이다.

'감사'가 삶의 질을 올려준다는 말은 무수히 많이 들었다. 성공한 사람을 조사해 보니 대부분 감사 일기를 쓰더라 하는 말도 이제는 너무 많이 들어서 지긋지긋하다. 근데 지긋지긋하게 들어도 삶에 적용하려면 세상에서 가장 힘든 게 '감사'다. 지금 이 글을 읽는 당신도 당장 '감사하세요'라고 하면, 뭘 어떻게 감사할 것인가. 우선 나는 내일 아침에 프렌치토스트를 만들어 먹는 것부터 시작하려고 한다. 계란 두 개에 우유를 넣어 잘 섞은 뒤, 쫄깃한 곡물 식빵 두 장을 담가 냉장고에 넣어 두었다. 하루 정도 절여놓은 토스트는 이미 이 세상 맛이 아닐 것이다. 그걸 가염 버터에 노릇하게 구워서 커피와 함께 먹으면 얼마나 맛있을까. 생각해 보니 꼭 내일부터 '감사'를 실천할 필요도 없겠다. 지금 당장 블로그에 글을 쓰는 이 시간, 진심으로 쓰고 싶어서 쓰는 이 자연스러운 행위 자체가 감사한 일이다. 꼭 강제로 정해두지 않아도 자연스럽게 나오는 '쓰는 습관'. 돈도 명예도 가진 거 하나 없지만, 이 쓰는 습관을 가진 게 다른 어떤 것보다 귀하다. 그래, 감사하다. 이 모든 게 감사다.

의도적으로 더 많은 일을 하지 않는 노력

가장 싫은 것 하나를 고르라면 '복잡함'이다. 나는 삶의 모든 분야에서 단순함을 추구한다. 하지만 복잡함에 지배당한 세상에서 단순하게 살기란 보통 어려운 일이 아니다. 하루 종일 정리하는 데 시간을 보내는 게 일상이 되어버렸다.

나는 작은 주머니를 참 좋아하는데, 물건을 조금씩 넣은 주머니를 여러 개 가지고 다닌다. 가방 안이 흐트러지면 정신도 산만해지기 때문이다. 하지만 매일 밖을 나설 때마다 챙길 게 왜 이리도 많은지 클래스라도 있는 날이면 전자책에 노트북에 아이패드, 애플 펜슬은 물론이거니와 보조배터리, 필통에 다이어리 그리고 화장품을 넣은 파우치, 지갑에 핸드크림…. 살아가는 데 왜 이리도 필요한 게 많은지 나갈 채비를 하며 이미 지친다.

그래서 의도적으로 더 많은 일을 하지 않기 위해 노력한다. 단순히 좋아 보인다는 이유로 이것저것 하다 보면 오히려 과한 정보에 눌려버린다. 그래서 더 보기보다는 덜 보는 것을 선택하는 것이 훨씬 도움이 된다. 의도적으로 그렇게 하지 않으면 '나만의 색채'를 찾기는 더 어려워진다. 하지만 덜어내는 것이 얼마나 어려운 일인지 모른다. 그래서 '선택과 집중'은 복잡한 시대의 과제가 되어버린 게 아닐까 싶다.

머칠 전 우연히 스티브 잡스의 인터뷰 영상을 보았다. 그의 기일이 벌써 10년을 넘어서고 있으니 벌써 옛날이야기가 되어버렸지만, 여전히 그의 메시지는 강하다. 어떻게 애플은 여전히 '도전 정신'을 가진 기업이 될 수 있었는지 물어보는 기자의 질문에, 모든 구성원이 의도적으로 많은 일을 하지 않기 위해 노력한다는 말을 했다. 그러려면 쏟아지는 요청을 거절할 수 있는 용기가 필요한데, 결코 쉽지 않다고 했다. 하지만 그런 용기를 내라는 애플의 회사 분위기 덕분에 구성원은 자신의 일에 온전히 집중할 수 있고, 그것이 전문성을 구성하는 힘이라고 말했다.

창작에 이 원리를 적용하고 싶다. 더 많은 방법, 더 많은 도구, 더 많은 스타일을 접하려는 노력보다 그 많은 것을 거절할 수 있는 용기를 가지고 내 작업을 이어가는 것. 그래서 나는 그냥 주어진 무료 앱으로 책을 만들고, 무료 앱으로 그림을 그린다. 디지털 세상에서도 더 많이 가지려는 것보다 덜어내려는 노력을 하고 있다.

GOLDEN BEAR

STAEDTLER yellow pencil 2B

세상 모든 것을 단순하게 그리다 보면
이 세상에 그리지 못할 게 없다

잘하는 사람이 왜 이렇게 많아

——

"잘하는 사람이 왜 이렇게 많아." 드로잉 클래스를 진행하면서 가장 많이 듣는 말이다. 사실이다. 이 세상에는 잘하는 사람이 참 많다. 클래스에 오는 분들은 평소 그림에 관심이 있어서 그런지 상당히 잘한다. 그래서 수강생이 서로의 그림을 보며, "아, 왜 이렇게 잘하는 사람이 많아."라는 말을 자기도 모르게 하는 것 같다. 이 말에는 여러 가지 의미가 담겨 있는데, 잘하는 사람이 워낙 많으니 기죽고, 그러다 보니 내 것은 초라해 보이고, 결론은 그래서 의욕이 떨어진다는 말이다. 나는 창작을 업으로 하기 전에는 예쁜 일러스트를 좋아하고, 수집하는 소비자였다. 예쁘고 감각적인 게 많아서 좋았다. 가뜩이나 인생 사는 것도 팍팍한데, 귀여운 걸 마음껏 즐기고, 기분에 따라 휴대폰 바탕화면도 예쁜 그림으로 바꾸면 그렇게 좋을 수가 없었다. 잘하는 사람이 많아서 고마운 마음이었다. 소비자 입장에서는 잘하는 사람이 많으면 많을수록 좋은 것 같다.

잘하는 사람을 보고 기죽어서 자신의 작품을 폄하하는 것보다 더 슬픈 건 없다. 사실 그림은 일부에 불과하다. 내가 그린 그림을 비교의 대상에 올려놓는 사람들은 보통 인생 전체를 비교의 대상에 쉽게 올려놓는 경향이 있다. 왜 이렇게 잘 아느냐고? 나도 한때는 그런 마음이었으니까. 어쩌다 보니 일러스트레이터라는 타이틀로 먹고는 살아야겠는데, 일은 없고, 돈도 없고 속이 상해서 다른 일러스트레이터의 인스타를 매일같이 들어갔다. 다들 큰 회사를 클라이언트로 두고, 인스타그램 좋아요도 엄청 많고, 그림은 내가 따라할 수 없을 정도로 감각 있고…. 그래서 한때는 기죽어 그림을 그리지 못했다. 슬럼프라고 하기엔 아무것도 제대로 한 게 없었다. 마음을 고쳐먹게 된 건, 10대 때 미대 진학을 포기했던 그 시절의 나에게 미안한 마음이 들었기 때문이다. 그 당시에도 다른 입시생들과 비교하느라 정신이 없었다. 특히 미술 입시는 그림을 주어진 시간 안에 다 그리고 일렬로 쭉 세워 평가를 하기 때문에 끊임없이 비교할 수밖에 없다. 가뜩이나 손이 느려서 정시 안에 그릴 수도 없었을 뿐더러, 경쟁에서 계속 밀리다 보니 그냥 그 시간이 싫었다. 그때도 비교에 지쳐 포기했는데, 30대가 되어 또 포기하려니 자신에게 너무 부끄럽고 미안한 마음이 들었다. 한 번도 기회를 제대로 준 적 없었으니 이번에는 죽이 되든 밥이 되든 한번 해 보자는 마음이 들었다. 그래서 잠시 다른 그림은 보지 않고 혼자 그림을 그렸다. 그 당시에는 그게 도움이 되었던 것 같다.

창작인이 되니 실제로 잘하는 사람이 정말 많다. 2020년 9월에 아이패드 일러스트 실용서를 한 권 냈는데, 같은 카테고리 안에 비슷한 종류의 책이 정말 많다. 하지만 꼼꼼하게 살펴보면 비슷한 듯 보여도 전부 모양새가 다르다. 판형도 다르고, 주제도 다르다. 사용하는 앱도 다르다. 그림체는 더 다르다. 같은 주제를 가지고 그림을 그린다 할지라도 세상에 같은 건 없다. 마치 인간의 지문이 모두 다른 것과 같은 원리다. 다 잘하지만, 다른 모습으로 잘한다. 그래서 잘하는 사람이 많을수록 세상이 아름다운 것이다. 특히 창작의 분야는 더 그렇다. 다들 그림을 잘 그리고, 다들 글도 잘 쓴다. 노래도 잘하고 춤도 잘 춘다. 웬만하면 다 잘하는 그런 세상이다. 하지만 정말 중요한 건, 그럼에도 불구하고 모두 다르다는 것. 그래서 "잘하는 사람이 왜 이렇게 많아."로 문장을 끝맺는 게 아니라 "잘하는 사람이 많아서 참 다행이다."로 아예 문장을 뜯어 고쳤다. 소비자 입장에서 봤을 때 아이패드 드로잉 실용서를 골라야 하는데, 내 책만 있으면 얼마나 당황스럽겠나. 그래서 같은 카테고리에 다양한 그림을 골라 그릴 수 있는 건 좋은 것이다. 각자의 취향과 개성이라는 개념이 존재하는 사회를 살아가고 있는 덕분에 잘하는 사람이 많으면 많을수록 더 다양한 사람들의 이야기를 들을 수 있다. 어쩌면 그 덕에 나 같은 일러스트레이터도 존재하는 것이다. 내 그림을 본인들의 취향에 넣어준 고마운 사람들 덕분에. 이렇게 생각하면 불편할 게 없고, 비교도 힘을 잃는다. 서로를 향한 인정과 애정이 그 자리를 대신한다. 아름답다.

사는 것도 복잡한데 그림까지 복잡할 일이냐
저의 단순화 작업은 이런 마음에서 시작되었습니다
이 과정에서 가장 중요한 건 역시 마음가짐
그리고 가장 단순한 사물부터 시작하는 차분함입니다

그러려니가 안 되는 사람

태생이 그러려니가 안 되는 사람들이 있다. 근데 요즘은 어딜 가나 '그러려니' 하란다. 홍 언니는 최근에 피부가 뒤집어져서 한의원에 갔더니, "스트레스 그만 받고, 그러려니 하고 사세요."라는 처방을 받았다고 한다. '아니, 그러려니가 안 되니까 이렇게 사는 거예요!' 라고 속으로 말하고 돌아왔단다. 그렇다. 태생이 그런 걸 어떻게 하겠나.

서점에 가면 인간관계에서의 적당한 거리에 대한 이야기가 참 많다. 이런 책을 읽으며 스스로 놀란 부분이 있다. 난 진작부터 인간관계에서 적당한 거리를 두고 살아왔다. 상대의 삶에 몰입해서 상호 의존적인 관계가 된다든지 하는 경우가 극히 드물다. 아니, 한 번도 없었던 것 같기도 하고…. 연인 관계에서도 늘 그랬다. 누구에게도 강요하지 않고, 나도 강요받지 않는다. 엄마는 가끔 이런 내가 정이 없게 느껴질 때도 있다고 한다.

하지만 인간관계에서 '거리'를 둔다는 의미를 상처받지 않기 위한 방어 기제로 사용하기에는 너무 아쉽다. 사실 한 사람을 이루고 있는 생활 방식, 가치관, 성격 등 그 사람 자체를 존중하는 것이 핵심이다. 상대를 인정하기 때문에 일정 범위를 넘어가지 않는 것이다. 상대방의 삶에 감 놔라 배 놔라 할 자격이 없다는 것을 이해해야 내 삶도 외부의 메시지에 의해 흔들리지 않는다.

그래서 '그러려니'라는 것은 무심하게 느껴지지만 그 속에 '존중'을 담아 '그러려니' 한다면 좀 쉬워지지 않을까 싶다. 그러려니가 안 된다는 홍 언니의 한 마디에 며칠간 이런저런 생각을 하며 이 글을 쓰고 있는데, 실은 진짜 그러려니 하고 넘어가야 할 사람은 내가 아닐까 싶기도 하다.

징징이 싫어, 정말 싫어

사회생활을 잘하는 방법이라는 제목으로 돌아다니는 글이나 이미지가 참 많다. 그중엔 농담 섞인 글도 있고, 제법 진지하게 쓰인 글도 있다. '처세술'은 그만큼 기술을 요하는 분야다. 첫 직장에서 만난 선배와 이런저런 이야기를 하다가, 진짜 사회생활 잘하는 사람들은 가만히 보면 '앓는 소리'를 잘한다는 결론에 이르렀다. 늘 아쉬운 소리를 하기 때문에 알게 모르게 도움도 잘 받고, 본인 유리한 쪽으로 계약도 끌어간다는 말이다. 앓는 소리 하며 징징대는 이런 류의 사람들을 '징징이'라 칭하기로 했는데, 징징이들의 특징은 늘 바쁘고, 일이 많다.

직장 다닐 때를 떠올려 보면 징징이들이 일을 더 많이 하는 것 같은 인상을 주곤 했다. 몇 분 단위로 들리는 깊은 한숨 소리, 퀭한 눈, 반짝이는 열정의 파이터보다는 되레 약간 피곤해 보이는 쪽이 늘 더 많은 일을 하는 것처럼 보인다. 학교 다닐 때도 늘 시험공부 제대로 못 했다며 울상인 징징이들이 대부분 성적 상위권에 있었던 것 같다. 어쩐지 긍정적이고 즐거운 사람은 일을 덜 한다는 느낌이 든다. 물론 내가 속했던 조직의 분위기가 그랬다는 것이다. 모든 조직이 그런 분위기는 아닐 거라 믿는다.

나는 징징이가 참 싫다. 자기 잇속 챙기는 징징이는 더 싫다. 기껏 시간 내서 앓는 소리 들어주고 나면 그쪽은 번쩍이는 외제차 타고 귀가, 나는 소주 냄새 큼큼한 지하철 타고 귀가하고 있다. 이게 뭐람. 지금 누가 누구 힘든 얘길 들어줘야 하는 건지. 아무튼 나는 사회생활을 할 때 이런 류의 징징이를 참 많이 만났다. 그리고 대부분의 징징이들이 나보다 사회적 위치가 높은 사람들이었다. 어쩌면 높은 자리에 올라갈수록 징징댈 일이 많아지는 건지도 모르겠다.

몸에 닿는 물의 감촉이 정말 좋다. 어릴적, 수영을 배울때는
중이염에 심하게 걸려서 너무 힘들었는데 귀마개를 하니까
단번에 해결되었다. 가끔 인생은 이리도 단순하다.
다이소에서 파는 2000원 짜리 귀마개가 모든걸 해결해주니 말이다.

비교하고 싶은 유혹에 빠지지 않으려면

———

창작자가 가장 빠지기 쉬운 유혹은 다른 작가와의 비교라고 생각한다. 단순히 저 작품과는 이런저런 부분이 다르구나 정도로 끝나는게 아니라, 내 작업을 폄하하고 심한 경우 한없이 좌절감에 빠지기도 한다. 나는 타인의 삶에 딱히 부러움을 느끼지 않는다. 나의 장점을 말하라고 한다면 단연 이 부분을 들 수 있을 정도로 자부심을 느낀다. 타인의 삶을 무시해서가 아니라 있는 그대로 인정하기 때문에 부럽지 않다. 이렇게 살 수도 있고 저렇게 살 수도 있는 거다. 아마 이런 생각을 가지게 된 데에는 열여섯 미국에서의 교환학생 시절 영향이 크지 않았나 싶다. 아프리카 가나에서 온 검은 피부의 교환학생과 자매로 지내야 하는 억지스러운 상황에서 안 되는 영어로 싸우기도 엄청 싸우고 나중에는 둘이 부둥켜 울기도 하고, 참 어릴 적부터 희한한 경험이 많았다. 3,000명의 학생이 다니는 미국의

공립 고등학교에서 11학년을 보냈는데, 우리나라로 치면 고등학교 2학년에 해당된다. 쉬는 시간이 되면 모두가 라커 룸에서 끌어안고 키스하는 모습을 자주 볼 수 있었다. 이것 또한 처음 몇 주만 힘들었지 금세 적응했다(왜 나에게는 그런 하이스쿨 로맨스가 없었는지 아직도 의문이긴 하다). 키스하는 커플 중에는 여자 커플도 있었고, 남자 커플도 있었다.

열여섯에 경험한 기상천외한 일이 너무도 많아 그 짧은 1년이라는 기간 동안 나도 기상천외한 아이가 되어버렸다. 나는 그때 〈섹스 앤 더 시티〉를 두 번 정주행했고, LGBT(성적소수자) 권익 보호 클럽에 가입했으며, 초등학교 방과 후 학습 봉사활동도 했다(초등학생이 나보다 영어를 훨씬 잘하는 이상한 모습의 봉사활동. 가끔 아이들이 틀린 문법을 교정해주었다. 늘 아이들에게 도움을 많이 받는 편이다). 멕시코 이민자 언니의 부탁으로 헤어 모델도 했고, 폴란드 이민자 친구와 밤새워 러시아 음악을 들으며 수다를 떨었다. 1년 만에 인천공항에서 만난 부모님은 내가 눈앞에 가서 엄마를 부를 때까지도 나를 알아보지 못했다.

아마 이때부터가 아니었을까. 누가 어떤 모습으로 살든 그냥 그러려니 하게 된 것이. 그리고 그 모습에서 예쁜 것을 발견하게 된 것이. 수강생의 그림에서 예쁜 것을 잘 발견하는 편인데, 정작 본인들은 잘 모르고 있어서 신기하다. 그리고 그림을 잘 못 그린다며 클래스 내내 힘들어하는 분들도 있는데, 나중에 보면 결과물이 좋아서 놀라는 경우도 있다. 많은 수강생을 만나며 생각보다 사람들이 남과의 비교를 통해 자기를 인식하고 있다는 것을 알았다. 작은 부분에서는 그림이지만 큰 틀에서 보면 삶 자체다. 하지만 '성공'이라는 개념에는 정해진 정의가 없다고 생각하기 때문에 남의 성공을 부러워하거나 그것 때문에 질투가 나서 삶 자체를 엉망으로 만들어 버리는 일은 정말이지 없었으면 좋겠다.

나는 칭찬을 많이 듣고 자라서인지 칭찬을 잘하는데, 클래스에 오는 사람들은 적어도 내가 하는 칭찬을 200퍼센트 받고, 그 힘으로 본인의 그림과 삶을 사랑하게 되었으면 좋겠다는 바람이 있다. 그리고 다른 수강생과 자신의 그림을 비교하지 않고 본인의 그림을 온전히 사랑하는 법을, 결국 자신을 온전히 사랑하는 법을, 조금이라도 알게 되었으면 좋겠다. 내가 하고 싶은 일은 이런 것이다. 내 작품을 보고, 나도 할 수 있다는 용기를 얻는 것. 그런 꿈을 가지고 클래스를 기획하고 사람들을 만난다.

글과 그림이 먹여주고 입혀주고 재워주는 삶

———

글을 쓴다는 것은 무엇일까를 꽤 자주 생각한다. 에세이를 써내려가면서 계속해서 마음에 품은 질문이다. 그림도 마찬가지다. 그림을 그린다는 건 무엇일까. 그러니 지금 내가 하고 있는 행위에 대해 끊임없이 질문하고 또 질문한다. 취미로 할 때는 스트레스를 푸는 데 목적이 있었다. 글을 써야 묵은 체증이 내려가고, 그림을 그려야 마음이 차분해졌다. 하지만 지금은 그림을 그리고 글을 써야 먹고살수 있다. 이제는 아무리 질문해도 결론은 '밥벌이로서의 글과 그림'이다.

글과 그림이 월세와 카드 값, 나의 모든 생활을 감당하고 있다. 한마디로 의식주를 위한 창작이다. 이 행위를 멈추는 순간 나의 경제 활동도 멈춘다. 한시도 쉴 틈 없이 작업을 이어나가고 있다. 종종 이 모든 걸 재능 기부로 하는 사람들을 만날 때가 있다. 난 다른 사람은 부럽지가 않은데, 벌이가 없어도 즐거이 이 일을 하는 사람들이 부럽고, 한편으로는 정말 싫다. 보통은 집에 돈이 정말 많아서 경제 활동을 하지 않아도 되는 사람들이겠지…. 외국에서 전시를 하는데, 본인이 비행기표, 숙박비까지 다 내면서 한다. 대체 어떻게 저럴 수가 있지 싶다. 나는 상상도 할 수 없는 일이다. 당장의 월세를 내려면 그림을 하나라도 더 그리고, 출강 스케줄을 하나라도 더 잡아야 한다. 외국에 한 달 넘게 나가서 시시덕대며 그림을 전시할 수 있는 여유가 내게는 없다.

멤버십으로 운영하는 문화 살롱이 유행하면서 클래스 출강 문의가 들어왔는데, 강사비가 '멤버십 체험'으로 지급된다고 했다. 강의를 준비하는 시간과 이동 시간, 실제 클래스 시간까지 하면 하루를 꼬박 쓰는데 '멤버십 체험'으로 대체한다니. 그렇게는 어려울 것 같다고 했더니, "생각보다 돈을 밝히시네요."라는 대답을 들었다. 생각보다 많은 작가들이 자기 그림을 알아준다는 이유 하나만으로 정당한 대가 없이 기꺼이 작품을, 시간을 내어준다. 그래서 돈을 요구하는 아티스트는 밝히는 사람이 되어버린다. 하지만 그건 진정으로 인정받는 게 아니다.

미국에서 고등학교를 다닐 때 다양한 예체능 활동을 했다. 그때는 미술 특기생이었기 때문에 지역 고등학교에서 소량의 작품 몇 개를 뽑아 전시회를 열어줬다. 나는 작가로 '초대장'을 받아 입장했고, 가족과 친구들에게는 소정의 입장료를 받았다. 미술관에서 본 것처럼 정말 멋진 액자에 내 그림이 걸려 있었고, 입장료는 운영비와 액자 렌탈료로 사용되었다. 그리고 오케스트라 활동도 했는데(어릴 적부터 플루트를 불었다), 발표회를 할 때도 가족들에게 입장료를 받았다. 그래서 너무 당연하다고 생각했다. 하물며 학교에서 하는 발표회도 유료로 운영하는데, 이걸 업으로 하는 사람들에게 물질적인 대가가 주어지는 건 당연하다는 말도 무색할 정도로 이건 상식이다.

창작인 3년 차로 살면서 셀 수 없이 많은 사람을 만났고, 많은 요청을 받았다. 그리고 동시에 얼마나 많은 사람들이 글과 그림을 공짜로 얻을 수 있다고 생각하는지 알게 되었다. 창작을 한다는 다수가 공짜로 글과 그림을 팔아넘겼기 때문에 당연해진 거다. 아주 값싼 것이 되어버렸다. 취미로 창작을 한다고 해도 자신의 행위에 책임을 가져야 한다고 생각한다. 그래서 내가 가르치는 독립출판 클래스에서는 하물며 부모님에게도 공짜로 책을 주지 말라고 당부에 당부를 거듭한다. 그리고 나도 기꺼이 수강생의 책을 구입한다. 책을 만드는 기술만 알려줬을 뿐, 내가 그들의 책을 공짜로 요구할 권리는 어디에도 없다.

김이나 작사가는 같은 꿈을 꾸는 후배들을 위해 작사비를 꼭 받는다고 했다. 저작권 수입 1위에 방송 일까지 하는 작사가가 무슨 돈이 필요하겠느냐만은, 한 번은 작사비를 받지 않고 작업해줬더니, "김이나도 그냥 해주는데…."라는 말이 돌고 돌았다고 한다. 나는 누군가의 대단한 선배는 아니지만, 이 일을 조금 먼저 시작한 사람으로서 '돈벌이로서의 글과 그림'을 늘 생각한다. 분명 이 책을 읽는 누군가는 글을 쓰고 그림을 그리며 사는 삶을 꿈꿀 수 있다. 그런 사람들을 위해서라도 공짜로 작업하지 않는다. 돈을 밝힌다느니 까다롭다느니 나를 어떻게 생각하든 전혀 상관없지만, 나는 이런 책임감으로 글을 쓰고 그림을 그린다.

누구나 할 수 있는 '그림'이라는 도구로부터

——

그림은 누구에게나 열려 있다. 원시 시대 벽화만 봐도 알 수 있듯 종이와 연필이 없어도 가능하다. 그림이라는 원시적인 도구를 상상하며 동시에 '평등'이라는 개념을 생각해 본다. '죽음'만이 모두에게 평등하다고 하는데, 나는 '죽음'에 '그림'을 더하고 싶다. 그림은 누구에게나 주어진 것이다. 여기서 잘하고 못하고는 중요하지 않다. 네안데르탈인은 미적인 감각으로 벽화를 그린 게 아니다. '표현'을 위한 의지로 그렸다. 그림은 특히 '잘 그리려는 욕심'을 내려놓으면 잘된다. '잘된 그림'은 '잘 그린 그림'보다 훨씬 가치 있다.

창작의 도구가 되는 모든 것은 결국 '표현'을 위함이고 표현은 '의사소통'을 위함인데, 이 단순한 개념이 너무 왜곡되어 있다는 생각이 든다. 글을 쓰다 보면 막말로 지적 허영을 드러내고 싶은 유혹이 많다. 그림은 말해 뭐해. 고귀하고 대단한 능력을 가진 것마냥 행동하고 싶을 때가 한두 번이 아니다. 물질이든 능력이든 많이 가질수록, 없는 사람을 깔보고 싶어진다. 반대로 나보다 더 가진 사람들을 보면 스스로를 깔보게 된다. 그 결과는 시기 질투로 나타난다. 이럴 바에는 애초에 능력을 갖지 않는 것이 더 낫다.

글, 그림도 모두에게 주어진 것이고, 거기서 잘하고 못하고는 별의미가 없다. 그림을 그려 돈을 버는 게 뭐 그렇게 대단하고 좋은 일도 아니다. 직장 생활 5년과 일러스트레이터 생활 3년을 돌이켜 보면 그렇다. 인생은 거기서 거기다.

노동으로서 창작을 대하지 않으면

—

종종 나처럼 살고 싶다고 말하는 수강생이나 독자를 만날 때가 있는데, 그럴 때마다 "에이, 정말 그런 말씀 마세요."라고 대답한다. 최근에는 연락이 끊겼던 지인으로부터 다양한 경로를 통해 안부 인사를 받는다. 그리고 과거에는 나란 사람에게 시선조차 주지 않았던 분들, 특히 지인의 결혼식장에서 만나게 되는 어른들의 태도가 많이 변했다. 과거에는 너는 결혼 안 하고 뭐하냐고 구박 아닌 구박을 줬던 분들도 매우 친절한 제스처와 눈빛을 띠고, "요즘 잘나간다며?"라는 말을 한다. 재밌는 일이다.

잘 생각해 보면 뭐가 잘나가는 건지 모르겠다. 그냥 나는 살기 위해 일을 할 뿐이고, '노동'이라는 면에서 보면 직장을 다니는 거나 작업실에서 창작 활동을 하는 거나 결코 다르지 않다. 굳이 다른 점을 꼽자면 꽤 많은 자유 시간이 주어지고, 비교적 적은 시간 일해도 많은 보수가 주어진다는 점. 그렇다고 해서 노동의 의미가 달라지는 건 아니다. 그림을 그리는 것도 글을 쓰는 것도, 더불어 사진을 예쁘게 찍어 온라인 공간에 전시하는 것도 내겐 모두 '일'이다. 여기서 '일'이라는 말이 마치 마음이 들어가지 않은 것으로 들릴지도 모르겠지만, 내게 노동은 고귀한 것이고, 그래서 나는 '일'에 정성을 다한다.

홍대에 있는 복합문화예술 공간에서 첫 사회생활을 시작했다. 문화예술의 전반을 다루는 공간답게 영화, 시각 예술, 공연 예술, 디자인 등 다양한 분야의 조직이 있었다. 나는 그중에서도 교육 사업팀에 입사하게 되었는데, 앞에서 말한 모든 분야의 예술을 교육 과정으로 만들어 운영하는 일이었다. 이렇게 사회생활을 시작한 덕분에 온갖 다양한 분야의 창작인을 만날 수 있었다. 인문학, 영상, 미술, 사진… 문화예술의 모든 범위를 '교육'이라는 주제 안에 정리하는 일. 그게 예술 교육 기획 분야에서 하는 일이다.

세부적으로 들어가면 예술 강사들을 섭외하고, 교육 과정을 만들고, 관리하고, 강의료를 지급하고, 수강생의 피드백을 챙기며, 아니 실은 이것보다 훨씬 더 자잘한 일이 많지만 주로 이런 일을 했다. 지금은 내가 예술 강사로 일하고 있기 때문에 강의료만 비교했을 때, 그 첫 직장은 벌써 10년 전인데도 꽤 높은 금액을 지급했다. 어쨌든 홍대 문화가 가장 활발히 소비되던 시절에 그 공간의 기획자로 일했던 사실은 감사한 일이다.

이때의 경험을 통해 '작가'라는 감투를 쓰게 된 지금에도, 작가든 뭐든 그렇게까지 대단한 건 아니라고 생각한다. 특히 기획자들에게 '작가병' 걸린 사람으로 비치는 건 죽어도 싫다. 첫 직장에서 일할 때 가장 많이 사용한 말이 '작가병'인데, 이건 연예인병과 비슷한 질감의 것으로, 유독 관심 어린 챙김을 받으려는 사람들이다. 스스로 물 한 잔도 떠먹을 수 없는 사람들. 반면 창작 자체를 '노동'으로 다루는 분들이 있는데, 지금은 〈킹덤〉 시즌 2로 유명한 박인제 감독님의 '단편 영화 만들기 클래스'를 진행한 적이 있다. 매번 수강생과의 뒤풀이를 즐기며, 어설픈 안주라도 무제한 맥주가 나오는 호프집이라면 오케이였던 아주 소박하고 털털한 분으로 기억한다. 아직까지 연락했으면 좋았을 텐데. 감독님, 교육사업 팀 막내 김수진을 기억하시나요…. 어쨌든 예술 강의든 창작이든 '노동'이기 때문에 그 자체에 최선을 다하고, 그만큼의 보상을 받으면 된다. 박 감독님은 그걸 아는 사람이었다. 그런 창작인과 일하는 건 훨씬 수월하고 배울 점도 많다.

작가병에 걸린 사람들의 특징은 기본적으로 수강생을 낮은 위치에 둔다. 본인을 직접 만나 강의를 듣는다는 사실 자체가 얼마나 고귀한 일인지, 있는 티 없는 티를 다 낸다. 기획자인 나를 '조교' 정도로 보는 건 굳이 언급하지 않아도 기본값이고. 첫 직장 생활에서 '반면교사'라는 말을 어찌나 많이 새겼는지 서른 초반이 된 지금에도 그때 그 단어를 기억한다. "저렇게는 살지 말아야지." 그래서 가끔 작가병 기운이 좀 드는 것 같을 때는 얼른 약을 먹는다. 초심이라는 약이다. 약을 꿀꺽 삼키고 그림을 그린다. 그리고 여느 때처럼 블로그에 글을 쓴다. 지금도 결코 대단한 사람이 아니고, 앞으로도 그럴 것이다. 그저 좋아서 그림을 그려 인스타에 그림을 올리고, 좋아서 블로그에 글을 올리는 아주 평범한 서른 초반의 여자 사람이다. 그러다 눈이 밝은 분들이 알아봐주셔서 책을 내기도 하고, 브랜드와 협업을 하기도 하는 '일'로서의 창작을 이어가는 노동자. 전혀 다를 것 없는 그런 삶. 암튼 정말이지 작가병은 걸리면 안 된다.

깔깔 웃으며 방댕이를 흔드는 할머니

—

'수수진'이라는 인간 사전에 없는 단어가 두 가지 있는데, 첫 번째는 '조신하다', 두 번째는 '참하다'일 것이다. 정확한 단어의 뜻을 알아야 썰을 풀 수 있으니, 먼저 사전의 정의를 살펴보도록 하겠다. 먼저 조신하다는 말의 뜻을 찾아보면, 동사와 형용사 두 종류로 사용할 수 있는데, 동사로는 '몸가짐을 조심하다'라는 뜻이고, 형용사로는 '몸가짐이 조심스럽고 얌전하다'라는 뜻이다. 그렇다면 여기에서 말하는 '몸가짐'은 무슨 뜻일까? 더불어 사전을 찾아보았다. 몸가짐이란 명사로 몸의 움직임. 또는 몸을 거두는 일을 뜻하는데, 사전에 나오는 유의어를 보면 훨씬 이해가 쉽다. '품행'과 '행동거지'. 즉, 몸가짐의 유의어는 품행과 행동거지다.

나의 품행과 행동거지를 살펴보면, 조심스럽고 얌전하지 않다. 어디선가 음악이 나오면 은근히 방댕이를 흔들기도 하고, 기분이 좋으면 박수도 크게 치고, 몸으로 하는 표현이 서툴지 않다. 쉽게 말하면 품행과 행동거지가 방정맞은 편에 속한다. 그래서 내 사전에 조신하다는 단어는 (안타깝게도) 없다. 자, 그러면 두 번째 단어 '참하다'를 살펴보겠다. 참하다는 말의 사전적인 정의를 찾아보면, 형용사로, 생김새 따위가 나무랄 데 없이 말쑥하고 곱다는 말이 가장 먼저 나오는데, 그냥 딱 봐도 나와는 어울리지 않는 단어다. 생김새 따위가 꽤 나무랄 데 많아서 부모님이 비용을 전부 지원하면서까지 쌍꺼풀을 억지로 만들어주셨고, 말쑥하기보다는 짤뚱하다. 참하다는 단어는 정말이지 내 삶에 없는 단어라고 해도 과언이 아닐 것이다.

조신하고 참하다는 단어는 긍정적이다. 한 번쯤 가져보고 싶기도 하고, 아마 과거의 언젠가 갖고자 노력도 해 본 것 같다. 하지만 노력하면 노력할수록 뭔가를 흉내 내고 있다는 느낌 밖에는 없었다. 그래서 오래 전에 포기했다. 조신하고 참하지 않은 사람들의 특징을 살펴보면, 중고등학교 시절, 선생님한테 야단을 자주 맞았다. 짝꿍이랑 떠들다가 걸리는 건 꼭 본인이다. 같이 떠든 친구보다 늘 주목을 받는다. 반면, 이런 사람들에게는 다음과 같은 단어가 주어지는데, '유쾌하다', 혹은 '발랄하다'라는 단어다.

나는 늘 큰 소리로 웃는다. 아줌마 같다는 소리를 듣는다. "유쾌하시네요."라는 말은 참으로 자주 듣는 말인데, 나는 '조신하다'와 '참하다' 대신 유쾌함을 가졌다는 게 진심으로 감사하다. 발랄하다는 말은 또 얼마나 좋은가. '유쾌하다'라는 말의 뜻은 즐겁고 상쾌하다. '발랄하다'라는 말은 표정이나 행동이 밝고 활기가 있다는 뜻이다. 조신하고 참하다는 말도 긍정적이지만, 유쾌하다와 발랄하다를 따라갈 수는 없다. 나는 내 삶의 사전에 이 두 단어가 가장 힘이 센 단어라고 믿는다. 힘들고 피곤할 때도 나는 발랄한 생각을 하며 다시 툭툭 털고 일어난다. 내 장래 희망은 발랄한 할머니가 되는 것. 깔깔 웃으며 방댕이를 흔드는 할머니. 나는 그런 할머니가 되고 싶다.

건망증

장염에 걸렸어 ㅠㅠ

아이고
아이고~

언제 나와?

아 괴로워~
앞으로 건강하게 살 거야!

술도 끊을 거야

(5일 후)

장염 다 나은 기념
한 잔해~

?

마음껏 찌질할 수 있다는 건 매우 아름다운 일

———

갑자기 나의 찌질함이 아무렇지도 않게 느껴질 때, 그 순간이 드디어 나라는 인간이 나로 살아가는 법을 알게 된 감격의 순간이라고 말하고 싶다. 찌질함을 넘어선 찌질찌질함. 그 찌질찌질함이 무려 자랑스럽기까지 한 그런 순간. 난 그 순간을 드디어 맛보게 되었고, 그 맛은 매우 훌륭했다. 매우 좋다. 정말 맛있다!

늘 같은 패턴을 반복하며 살아온 30여 년의 인생, 딱히 잘난 것도 없으면서 세상에서 가장 잘났다 생각하는 것 자체가 이미 너무 찌질하다. 말과 행동이 일치하지 않으면서도 매일 큰소리 뻥뻥 치고, 늘 확신에 차서 말하지만 동시에 매번 스스로에 대한 의심이 가득한 것마저 찌질하다. 찌질함을 나열하면 할수록 창피해야 하는데, 되레 더 당당하게 콧대를 세우는 것이 정말이지 찌질하다.

난 치졸하고 유치하고, 무식하고 멍청하다. 난 이런 사람이다. 난 '개찌질이'다!

근데 이런 나의 모습이 아무렇지도 않다. 오히려 '병맛 같아서 멋있어…'라는 느낌에 가깝다. 그리고 이런 생각을 하는 스스로가 부럽다. 한 번 사는 인생 역시 나처럼 사는 게 제맛!

수진이는 이기적인 면이 있어, 수진이는 약속 시간을 잘 못 지켜, 수진이는 변덕스러워, 수진이는 극단적이야, 수진이는 계산을 잘 못해, 수진이는 게을러, 수진이는 성격이 급해, 수진이는 잘난 척이 심해, 수진이는 자주 번복해, 수진이는 대충해, 수진이는 말을 막 해, 수진이는 눈치가 없어, 수진이는, 수진이는, 수진이는! 그러나 중요한 건, 이리도 엉망인 내가 너무 좋아서 미쳐버리겠다는 것이다.

완벽하게 재단된 삶보다 조금 어긋난 삶이 진정한 휴머니즘이자 감동이라는 걸 이제 충분히 아니까. 난 매일 새로운 찌질함을 갱신한다. 마음껏 찌질하다. 그리고 그걸 인정하는 것은 진정 아름다운 일이다.

좀 더 찾기 어렵고 구석에 있어야 사랑스럽다

영원한 젊음, 우리가 바로 넘버원

오늘은 신대방사거리에 사는 동생네 들렀다가 지하철 역사 안에 있는 옷 가게에서 2,000원짜리 티셔츠를 샀다. 들어봤는지 모르겠지만, 슬레진저라는 브랜드의 티셔츠였다. 권장소비자가 48,000원인데 2,000원에 판매되고 있었다. 주인아저씨에게 여러 번 여쭤보았다. "정말 2,000원인가요?" 언제 적 슬레진저야 싶은데, 그렇게 예뻐 보일 수가 없었다. 아니, 힙해 보였다. 일차적으로는 가격이 마음에 쏙 들었지만 더 중요한 건 이 티셔츠에 쓰인 문구가 하나하나 버릴 것 없이 멋졌다. Forever young, we are number one. 이 문장이 가슴팍에 한 번, 배꼽 부분에 한 번 더, 총 두 번 쓰여 있다. 그리고 중간에 빨간색으로 'Never give up on your dreams'라고 적혀 있는데, 그 문장을 보니 삽시간에 힘이 생기는 기분이었다. 지하철 노약자석에 앉아 계신 할아버지의 네이비색 점퍼에서 스치듯 슬레진

FOREVER YOUNG
we are number one

Slazenger

Never give up on your dream

FOREVER YOUNG
we are number one

저를 봤을 때는 미처 몰랐다. 'Forever young, we are number one'이 그들의 메시지였다니. 어쩌면 그 할아버지는 이미 알고 계셨을지도 모른다. 그 메시지를 가슴팍에 새기고 영원히 young하다고 마음속으로 외치고 계셨던 건 아닐까.

"제가 좀 루즈핏으로 입고 싶은데, 어떤 사이즈가 좋을까요?" 친절한 주인아저씨는 스몰 사이즈와 미디엄 사이즈를 내어주시며 가게의 전신 거울에 비춰보라고 하셨다. 그리고 어깨선을 보시더니 진지하게 함께 고민해 주셨다. "넉넉하게 입으려면 미디엄으로 하시죠." 현금 2,000원을 드리고 가게를 나오는데, 엄청난 기쁨이 내 안에 솟구치는 게 느껴졌다. 이 티셔츠를 입으면 정말 Forever young, we are number one으로 살아갈 수 있을 것 같다.

집에 와서 입어보니 핏도 내가 원하던 완벽한 루즈핏이다. 가운데 박힌 검은색 날쌘 치타? 호랑이?가 매우 돋보이고, 영문으로 쓰인 슬레진저도 너무 간지 난다. 하지만 역시 가장 마음에 드는 부분은 Forever young, we are number one! 영원한 젊음, 우리가 바로 넘버원!

올 여름 아니 노약자석에 앉을 그날까지 열심히 이 티셔츠를 입을
것이다.

Forever young, we are number one.

작가로서의 책임감에 대하여

———

일러스트는 취미 생활이었기 때문에 나도 다른 작가들의 그림을 따라 그리고, 일러스트 책을 사서 끄적거렸다. 지금 누군가 『수수한 아이패드 드로잉』 책을 보고 그림을 따라 그리는 것처럼 말이다. 최근에는 인스타그램 다이렉트 메시지를 통해, 내가 2017년 직장인 취미 시절에 그렸던 그림이 hillergoodspeed 작가의 그림과 비슷하다는 연락을 받았다(참고로 나는 hillergoodspeed 작가의 팬이다. 따로 핀터레스트에 폴더를 만들어 둘 정도로 좋아한다). 처음에는 '이 작가의 그림을 잘 활용하셨네요'라는 의도로 보낸 줄 알고 저도 '이 작가처럼 되고 싶다'며 즐겁게 답변을 보냈다. 그런데 알고 보니 아무 출처도 없이 그림을 카피했다는 비판의 의도로 보낸 메시지였다. 아, 나는 정말이지 눈치가 없다. 너무 당황한 나머지 그분께 사죄하고 죄송하다는 말을 여러 번 반복했다.

가끔 '작가님 그림을 카피한 것 같아요'라든지, '작가님의 수업 내용을 카피한 것 같아요'라는 메시지를 받는다. 그래서 카피했다는 계정에 들어가 보면 보통은 내 수강생이거나, 내 계정을 구독하고 있는 팔로워다. 그림이란 건 공공의 것이라 어쩔 수 없다고 생각하는 편이다. 하지만 이번에 비판의 메시지를 받으니 여러 가지 생각이 많아진다. 기억도 나지 않는 과거에 그냥 취미로 좋아하는 작가의 그림을 따라 그려 올린 그림까지 판단의 대상이 된다니. 가족들과 이 이야기를 나눴더니 유명세라는 건 어쩔 수 없는 게 아니냐며, 과거에 취미로 따라 그린 그림이라도 앞으로는 조심하는 게 좋겠다고 했다. 그분의 말에 따르면 인스타그램에 올리는 그림에도 저작권이 있다고 한다. 앞으로 더욱 조심해야겠다는 생각이 든다. 기타 여러 가지를 알려주셔서 다시 한번 진심으로 사과드리고, 반성하는 마음으로 그분이 언급한 그림은 인스타그램에서 삭제했다. 나도 오랜만에 4년 전 게시글까지 찾아보니 이상한 기분이 들었다. 대체 이걸 누가 보나 싶었는데 실제로 보는 사람이 있고, 이에 대한 비판 혹은 비난 또한 나의 책임이다.

솔직히 어디 나가면 아무도 나를 모른다. 얼굴을 내놓고 활동하는 게 아니라 강의를 나가도 내가 수강생인지 강사인지 모를 정도로, 어딜 가도 알아보는 사람이 없다. 하지만 인스타그램 세상 안에서는 모두가 서로를 안다. 예전부터 내 그림을 보고 글을 읽어주신 분들은 수수진이라는 인간 자체에 대한 너그러움을 가지고 있지만, 배경을 모르는 사람들은 내가 무슨 유명한 작가라고 생각하는 분들도 있다. 그런 분들은 따로 찾아가서 "저 그렇게 대단한 사람 아니에요."라고 붙잡고 설득하고 싶다. 저도 당신과 똑같은, 그저 그림이 좋아서 취미로 시작하다 얼렁뚱땅 이 자리까지 와버린 사람일 뿐이라고 두 손 꼭 붙들고 말씀드리고 싶다. 내가 요즘 가장 두려운 것은 나에 대한 외부의 기대치가 높아지는 것인데, 나는 기대치를 채울수 있는 능력도 없고, 그럴 생각도 없다. 나는 대단한 사람이 될 생각이 없고, 자격도 없기 때문이다.

오전 시간은 이분의 메시지를 하나하나 복기하면서 과거의 그림에 대해 깊이 반성했다. 2017년 당시에는 직장을 다니며 그저 취미로 그림을 그렸기 때문에 출처를 밝힌다거나, 어떤 그림을 따라 그렸다고 언급할 생각조차 하지 못했다. 겨우 지인 다섯 명이 팔로우하는 계정에서 그런 걸 밝히는 것도 유난 떠는 거 아닌가. 차라리 이런 비판 없이 다섯 명만 보는 계정으로 돌아갈 수 있다면 좋겠다. 내마음대로 아무거나 실컷 그리는 즐거운 그 시절로 돌아갈 수 있다면 그림이 '노동'이네 뭐네 하는 소리도 안 할 수 있겠지.

하지만 그 시절로 다시 돌아갈 수는 없다. 팔로워 3만은[집필 시점 기준] 큰 숫자다. 이제는 책임감을 갖고 작업에 임해야 한다. 동시에 나 자신을 위로하는 방식으로, 그림과 나를 분리하는 작업을 한다. 그러니까 이분은 수수진이라는 사람을 비난하는 게 아니라 나의 '그림' 즉, 내 도구를 비판하는 것이다. 누가 보면 아무렇지도 않은 메시지 하나를 가지고 귀한 시간을 다 보내나 싶을 수도 있겠지만, 나에게는 꽤 중요한 일이다. 실제로 메시지를 보낸 분도 이렇게까지 사과할 일은 아니라고 하셨다. 하지만 소심한 성격 탓도 있고, 세상을 좀 더 꼼꼼하게 관찰하려는 마음을 갖고 오늘의 사건을 기록한다. 이제는 그림이 더 이상 취미가 아니다. 외부적인 요인으로 인해 취미가 아닌 것이 되어버렸다. 더 이상 어린아이처럼 그림은 그저 취미일 뿐이라고 징징대는 일을 멈춰야 한다.

반면 나는 내가 과거에 좋아하는 작가의 그림을 오랜 시간 습작한 것처럼 동시에 많은 사람들이 내 작품을 마음껏 따라 하고, 실컷 즐겼으면 좋겠다. 세상에 나눌 건 오직 이것뿐이다. 누가 누굴 따라 하고, 그런 게 무슨 의미가 있겠나. 그저 클라이언트에게 저작권이 있는 그림만 베끼지 않으면 된다. 이건 회사에서 저작권 소송을 걸 수도 있으니 이 부분을 제외한 나머지는 마음껏 따라 해도 괜찮다. 책임감이란 이런 것 같다. 더 많이 알려질수록 더 많이 나눌 수 있는 마음. 내겐 이것이 책임감의 정의다. 비판을 겸허히 받아들이고, 성장의 도구로 삼고자 몇 시간 동안 이 글을 수정하고 적어 내려간다. 동시에 앞으로는 모든 사람에게 긍정적인 피드백만 받을 수 없음을 인정하고, 모두의 호감을 사기 위해 노력할 시간에 제대로 된 작품을 내놓는 진정한 작가로 거듭나야 한다고 다짐한다.

창작의 고통

가끔은 그림 그리는 게
너무 싫다

노잼시기

뭔가를 만들어 내는 게
정말 괴롭다!

손가락 마디마디가
저리고 아퍼

잠깐! 이런 게 창작의 고통인 건가!

!

아주 창작인 다 됐네~

나 자신
칭찬해

?

갑자기 스스로 기특해 하는 중

느긋함이라는 재능

———

세상에서 만난 사람 중 가장 성격이 독특한 사람을 고르라고 하면 단연 우리 아빠를 꼽을 수 있다. 세상의 어리버리함을 모두 가져다 사람의 형상으로 만든다면 우리 아빠의 모습일 것이다. 길치인 건 당연지사고, 나를 길에서 만나도 못 알아보고 지나치기 일쑤다. 퇴근길, 아파트 1층에서 집에 가는 엘리베이터를 기다리다 우연히 아빠를 만났다. "너 어디 가?"라는 질문을 하는 아빠와 엘리베이터에 타며 그냥 아무 대답도 하지 않고 10층을 눌렀다. 집에 가지 어디 가…. 아빠와의 일상은 늘 이런 식이다.

단어를 쓸 때도 꼭 한 글자씩 틀린다. 아빠는 가족 카톡방에 가끔 성경 구절을 올릴 때가 있는데, '집을 짖지 않으면 집을 짖는 자의 수고가 헛되며'라고 쓴 문장을 보고 황당하기 그지없었다. 이 문장에서 집이 두 번씩이나 짖고 있다. 집이 짖으면 무슨 소리가 날까…. 글쓰기는 확실히 아빠로부터 받은 재능은 아닌 것 같다.

어리버리한 사람이지만 취향은 확고한 편이다. 무조건 싼 것을 좋아하는데, 싼 게 비지떡이라는 말이 아빠에게는 해당되지 않는다. 비지떡이라도 싸면 무조건 사서 쟁여두는 편. 그래서 다이소는 아빠가 가장 좋아하는 쇼핑 스폿이고, 물건은 중국산을 가장 좋아한다. 한때는 1,000원에서 2,000원 정도 하는 플라스틱 마사지기를 하도 사서, 거실 어딜 가나 마사지기가 널려 있었다. 대부분이 얼굴 축소에 도움이 된다는 롤러였는데, 어디에 쓰는지도 모르고 그냥 산 티가 역력했다. 따뜻한 아메리카노를 좋아하는 아빠는 어딜 가나 '아메리카노 1,000원'이면 들어가서 마시고 보는데, 결론은 햄버거 전문점 커피가 가장 맛있다는 거였다. 지금도 아빠와 시간을 보낼 때는 햄버거 가게에서 커피를 마신다.

아빠는 소프트웨어 개발자다. 아직도 현업에서 젊은이들과 함께 프로그래밍을 한다. 머리가 희끗한 이 개발자는 다소 어리버리한 데다 꼰대 기질이 없어도 너무 없어서 갓 졸업해 입사한 막내 청년과 가장 친하게 지낸다고 한다. 마블 코믹스를 좋아하는 그 친구 덕분에 아빠는 요즘 히어로물에 꽂혔다. 영화를 보고 그 친구와 이야기를 나누는 게 꽤 재밌다고 한다. 우리 아빠는 권위적인 구석을 조금도 찾아볼 수 없다. 겉과 속이 똑같고, 참 순수하다. 남의 시선을 의식하지 못하는 성격 탓에 기본적으로 다른 사람과 비교를 하지 않는다. 가만히 보면 아예 방법조차 모르는 것 같다. 덕분에 나도 자라면서 누군가와 비교당한 적이 한 번도 없었다. 어느 날 아빠는 말했다. "나는 남들이 딱히 부럽지가 않아."

아, 나도 주변 사람이 부럽다 느낀 적이 거의 없었다. 그냥 누구든 그러려니 하는 마음, 이 느긋함은 확실히 아빠로부터 받은 재능인가 보다.

내 글의 절반은 내가 얼마나
찌질한 인간인지에 관한 이야기다

찌지질 찌지질

결혼 개나 줘
근데 외로워
으앙
다귀찮아
피곤해
다 꺼져~
...

근데 이글을 엮어 책을 냈더니
사람들이 읽어준다

이 찌질한 이야기를
좋아하는 사람이 있다니!!

웬일이니~

책이 다 팔렸다!!

만세~

234

BEST SELLERS

지겨워~

어쩌면 사람들은
성공한 사람의 이야기가
아니라 나같은
보통의 이야기가
필요한지도 몰라

앞으로 더 구질구질하게
살아도 되겠어~

♫
♫

이렇게 쓰고 그리다보면
찌질해도 행복한 내가 되겠지

제 글과 그림을 봐주셔서 정말 감사드려요♡

모두 여러분 덕분이에요. 사랑합니다~

효도는 참 간단해

어릴 적 우리 동네에는 '이동도서관'이라는 게 있었다. 일주일에 한 번 동네를 돌아다니는 버스 형태의 도서관이다. 엄마는 여기서 늘 한 뭉치씩 책을 빌려다 줬는데, 침대에 누워 책 읽는 게 그렇게 재미 있었다. 만화책부터 시집까지 정말 다양한 장르의 책을 빌려다 주었 다. 방에 있는 책꽂이에 균일하게 꽂혀 있는 전집은 하나도 재미가 없고, 되레 빌려다 준 다양한 크기의 책은 읽고 보는 재미가 있었다. 어릴 적부터 다양하고 색다른 것에 흥미를 느꼈던 것 같다.

중학생부터는 늘 책상에 몇 장의 신문이 놓여 있었다. 엄마가 봤 을 때 내가 읽으면 재밌어 할 기사를 추려 책상에 올려두는 것이다. 독립한 지금도 집에 가면 책상에 신문이 한 무더기 놓여 있다. 그럼 나는 앉아서 신문을 쭉 읽는다. 지금 생각해 보면 그게 바로 '큐레이션'이다. 엄마의 사랑이 담긴 '딸을 위한 큐레이션'을 먹고 여기까지 온 것 같다.

엄마와 나는 성격이 달라도 너무 달라서 이해하기 어려울 때가 훨씬 많다. 엄마는 다소 소심한 성격에 나서는 걸 좋아하지 않는다. 어느 날 갑자기 궁금해졌다. 이렇게 소심한 사람이 어떻게 열여섯밖에 안 되는 딸을 미국에 혼자 보냈을까? 그 당시 형편도 별로 좋지 않았던 걸로 기억하는데 말이다. 엄마는 이렇게 말했다. "너는 할 수 있을 것 같았어." 참 고마운 마음이 들었다. 엄마의 믿음대로 건강하게 잘 다녀왔고, 그때 배운 '영어'는 오래도록 큰 재산이다.

우리 엄마가 사는 모습을 보면, 그렇게까지 안 해도 되는데 아끼고 또 아낀다. 이제는 성격이라 생각하고 내버려두는 편인데, 그게 나와 내 동생을 키우느라 몸에 밴 습관이라 생각하면 쓸쓸해지곤 한다. 예전에 사준 지갑이 너덜너덜해졌길래 새로 사준다고 했더니 싫다고, 정말 싫다고 했다. 새로 사주면 화를 낼 것 같기도 해서 이번에도 그냥 넘어가고 말았다. 나는 눈치가 없는 편이다.

출간을 준비하면서 모든 것을 엄마 덕으로 돌리고 싶다고 말했더니, 정작 엄마는 제발 그러지 말고 "오직 너를 위해서" 하란다. 부모님 이름을 첫 페이지에 넣는다고 했더니, 아빠는 환호성을 질렀고, 엄마는 손사래를 쳤다. 결국은 '내가' 잘 먹고 잘 사는 것이 엄마를 행복하게 하는 일이다. 정말이지 나 하나 건강하게 잘 살면 그게 효도인 것이다. 효도는 이렇게도 간단하다.

두 손을 가지런히 모으고 팔을 쭉 뻗어 풍, 덩!

─────

매일 수영을 한다. 집 앞 횡단보도를 건너 버스를 타고 네 번째 정거장에서 내려, 횡단보도를 두 번 더 건너면 수영장이다. 미니 사물함에 넣어둔 샤워용품을 챙겨서 출석 체크를 한 뒤, 라커 키와 수건 두 장을 챙긴다. 라커 룸과 샤워장이 있는 지하에 총총 내려가 신발장에 신발을 넣고, 라커에 짐을 넣은 뒤, 옷을 하나, 둘 벗어 잘 개어 함께 넣으면 이제 샤워장으로 향할 준비가 되었다. 수영을 하기 전 가장 중요한 건 샤워와 양치질이다. 수영 선생님의 말에 따르면, 샤워와 양치를 안 하고 물에 들어가면, 결국 수영하면서 그 물을 본인이 다 먹는 거라고 했다. 꼼꼼히 샤워를 한 뒤, 수영복에 물을 묻혀 비누칠을 한다. 이 과정 또한 굉장히 중요한 일인데, 젖은 몸에 수영복을 그냥 구겨 넣으면 수영복이 말려서 몸에 잘 들어가지 않는다. 하지만 비누칠을 한 수영복은 부드럽게 몸에 착 감긴다. 머리카락이

거의 보이지 않도록 수영 모자도 꼼꼼하게 써 주고, 물안경 안쪽에는 김 서림을 방지하는 용액을 묻힌다. 이걸 하지 않으면 수영하는 내내 앞이 보이지 않아 거의 장님 수영을 해야 한다. 물속에서 시야가 확보되는 것과, 그렇지 않은 것에는 큰 차이가 있어서 이 과정에는 특히 더 신경을 쓴다. 김 서림 방지 용액은 바른 후, 반드시 흐르는 물에 씻어줘야 한다. 이제 수경에 얇은 코팅까지 완료되었다. 이제 수영장으로 당당히 걸어 들어간다.

하지만 아직 물에 들어가기는 이르다. 들어가기 전 스트레칭을 통해 몸을 풀어주는 게 좋다. 수영은 거의 모든 근육을 사용하는 운동이기 때문에, 갑자기 하면 근육이 뭉칠 수도 있다. 선생님의 호루라기 소리에 맞춰 착착 준비 운동을 한다. 이제 물에 들어갈 수 있다! 물에 다리를 먼저 넣고 슬쩍 들어갈 수도 있지만, 최근에는 간단한 점프를 배웠기 때문에 팔을 쭉 펴고 가볍게 점프해 들어가기도 한다. 수영은 준비할 게 참 많고 신경 쓸 게 많은, 한마디로 매우 귀찮은 운동이다. 하지만 귀찮은 건 딱 질색이라고 생각하는 내가 수영을 위해 준비하는 이 시간만큼은 조금도 귀찮지가 않다. 오히려 이 과정이 즐겁다. 이걸 매일 하고 있는데 단 하루도 귀찮다고 생각한 적이 없다.

운동에는 조금도 취미가 없는 내가 이렇게까지 수영에 푹 빠진 데는 여러 가지 이유가 있지만, 일단 가장 큰 한 가지를 꼽는다면, 속에 들어가면 모든 잡념이 없어진다는 것이다. 수영을 하는 것 외의 다른 생각을 할 수 없다는 것이 더 정확한 말이겠지만, 어쨌든 잡념은커녕 물 안에 존재하는 순간, 그 순간에 집중하지 않으면 꼬르륵 물을 먹거나, 다칠 수 있다. 물에 들어갔으면 일단 헤엄을 쳐야 한다. 발을 차거나 손을 앞으로 뻗거나 둘 중 하나라도 뭔가 제대로 된 행동을 해야 물 안에서 움직일 수 있다. 물속에 들어가면 헤엄치는 나만 존재한다. 수영이라는 운동이 가장 매력적으로 느껴지는 부분이다.

자유형, 배영, 평영, 접영, 네 가지 영법을 마스터하면 끝이라고 생각할 수도 있지만, 각 영법 모두 정교하게 익히기 위해서는 장시간의 연습과 섬세한 자세 교정이 필요하다. 자유형은 이제 자신 있다고 생각했는데, 이게 웬걸, 숨 쉴 때, 머리를 좀 더 직각으로 밀면 오른쪽 얼굴에 물이 밀리면서 완벽하게 숨 쉴 공간이 생기는 걸 이제서야 알았다. 숨만 쉰다고 다가 아니라, 숨을 제대로 쉴 수 있는 공간을 만들어내는 섬세한 자세가 필요한 거다. 이 자세까지 오는데 6개월이 넘게 걸렸다. 배영도 마찬가지다. 팔을 직각으로 들었다가 물에 들어가는 순간, 팔꿈치를 꺾어서 자연스럽게 곡선을 만들어내며 물을 장풍 쏘듯 밀어내면 훨씬 빠르고 부드러워진다. 물의 저항과 흐름을 이해하기 위해 땅콩 모양의 스펀지를 다리 사이에 끼우고, 두 손으로 물결을 만지며 앞으로 나가는 연습도 한다. 물의 결을 만지며 물을 이해하는 과정, 수영은 결국 나와 다른 물질을 배우는 과정이다.

물에 대한 공포심 때문에 수영은 꿈도 못 꿨는데, 지금은 물을 좋아한다고 말할 정도로 수영을 좋아하게 되었다. 그렇다고 해서 물에 대한 공포심이 완전히 사라진 건 아니다. 여전히 물은 무섭다. 얕은 점프대가 있어서, 강습을 받을 때는 점프대에 올라가기도 하는데, 그곳에 올라가 물을 향할 때면 늘 다리가 후들거린다. 그래서 물 앞에서는 신나는 마음이 듦과 동시에 겸손해진다. 늘 두 손을 가지런히 모으고 팔을 쭉 뻗어 오늘도 나를 받아주는 물에게 감사한 마음으로 몸을 던진다. 그렇게 오늘도 내일도 모레도 풍, 덩!

오전에 수영을 하니
아주 개운하고 건강한 기분~ *

집에 와서 점심 잘 챙겨먹고

와구 와구

수북~

온갖반찬~

수영 다녀왔으니 낮잠은 필수

쿨쿨~

매일 몸무게가 차근 차근 늘어나는 중~ *

아니 원래 수영은 살빠지는
운동이 아니에요!!

에필로그

에세이스트가 되고 싶다는 말에, 에세이를 읽으면 마치 몇 시간 동안 쓸데없이 삼류 드라마만 본 것 같은 기분이 들어 그런 책은 읽지 않는다는 지인이 있었다. 괜히 시간 낭비한 것 같은 느낌이 들게 하는 책 그리고 그런 종류의 글, 곰곰히 생각해 보면 그 지인의 말이 틀린 건 아니다. 서점에 가면 위대한 학자들이 쓴 대단한 글과 통찰이 서가를 가득 채우고 있다. 게다가 눈에도 잘 띈다. 하버드 생들이 줄서서 듣는다는 강의, 대기업 수장의 추천, 권위 있는 문학상을 받은 위대한 작품 등. 제한된 시간 안에 양질의 지식을 얻기 위해서는 제대로 된 학위도 없고, 이름도 생소한 무명 작가의 에세이를 읽느니 누구나 들어본 책 한 권을 제대로 읽는 게 낫다. 하지만 책의 역할은 꼭 지식을 얻기 위함이 아니다. 나에게 있어서 책이란 시간을 가장 즐겁게 보낼 수 있는 엔터테인먼트의 도구 중 하나다. 그래서 나는 그의 말에 전적으로 동의할 수 없었다.

그 사람의 말마따나 삼류 드라마 같은 글을 쓰는 나는 여전히 에세이스트가 되고 싶고, 에세이스트로 살고 있다. 세상은 내가 좋아하는 것, 하고 싶은 것에 꾸준히 딴지를 건다. 에세이는 시간 낭비라고 말하는 사람들처럼 말이다. 친구라는 이름으로, 가끔은 가족이라는 얼굴을 하고서 끊임없이 불안하게 만드는 존재들이 분명히 존재한다. 그래서 아무도 당신의 꿈을 응원하지 않는다해도 놀라지 마라. 세상은 원래 그런 거니까. 하지만 에세이를 적극적으로 소비하는 우리는 안다. 삶이 대단한 곳을 향하지 않아도 괜찮다는 걸 충분히 이해하는 사람들이다. 그래서 우리는 일상을 허투루 보지 않고, 각자의 섬세한 통찰을 통해 기록하고, 서로의 삶을 읽고 나눈다. 나는 에세이가 그야말로 대단하지 않아서 좋다.

성경에 이런 에피소드가 있다. 예수님을 중심으로 많은 사람들이 모였는데, 식사 시간이 되었다. 제자들이 음식을 구하기 위한 궁리를 하고 있는데, 한 어린아이가 물고기 두 마리와 떡 다섯 개가 담긴 작은 도시락 하나를 예수님께 드렸다. 그리고 예수님은 기도하신 후 도시락에 담긴 음식을 거기에 있는 모든 사람들에게 나눠주었는데, 남자만 5,000명이 먹고도 음식이 남았다. 종교에 전혀 관심이 없는 사람이라도 한 번쯤은 들어본 오병이어의 기적이다. 나는 이 이야기를 떠올릴 때마다 5,000명이 넘는 남자들뿐만 아니라 인원 수에 들어가지도 않은 수많은 여자들과 아이들을 떠올린다. 지극히 평범한 사람들, 성경에 이름으로 기록된 게 아니라 숫자로 기록된 사람들, 하지만 오병이어 기적의 주인공은 예수님도, 도시락을 기꺼이 내어준 어린이도 아닌, 넓은 공터에 모였던 사람들이 아닐까. 그 사람들이 없었다면 기적의 이야기는 존재하지도 않았을테니 말이다. 나는 기꺼이 그 주인공이 되고 싶다. 수많은 사람들 사이에 섞여 누군가가 건네준 물고기와 떡을 맛있게 먹으며, 오늘 하루도 정말 잘 살았다 배부른 배를 통통 두드리면서 그렇게 나의 매일을 보내고 싶다.

에세이는 한 사람의 삶을 깊이 들여다본 연구의 과정이자 결과다. 사실 이것만큼 깊이 있는 게 있을까. 이 책의 원고를 마무리하며, 한 번 더 스스로에게 그리고 이 책을 손에 들고 끝까지 읽은 당신에게 확신을 주고 싶다. 보통의 삶을 기록하고 읽는 행위야말로 서로를 향한 적극적인 응원이다. 나는 당신의 삶을 적극적으로 응원한다. 삶이 어디로 가는지 모르겠다 느껴질 때는 꼭 이 책의 마지막 페이지를 열어 이 글을 다시 읽어주면 좋겠다. 꼭 어딘가를 향해 달리지 않아도 된다. 대단하지 않아서 좋은 삶이 바로 우리의 삶이니까. 딴지 거는 사람들에게는 그저 한 번의 미소를 날리고, 우리는 일상에서 주어지는 물고기와 떡을 맛있게 먹고 나누자. 오늘도 덕분에 참 맛있게 먹었고, 또 행복했다. 모든 인생에게 진심으로 고맙다는 말을 전하고 싶다.